D1942942

Albert Vigoleis Thelen · Glis-Glis

Albert Vigoleis Thelen

Glis-Glis

Eine zoo-gnostische Parabel

Entstanden als Fingerübung eines Seh-Gestörten

Zweite Auflage
mit Zeichnungen von Paul König

Beigefügt sind Briefe des Autors
an W. Georg Olms

2001
Georg Olms Verlag
Hildesheim · Zürich · New York

Das Werk ist urheberrechtlich geschützt. Jede Verwendung
außerhalb der engen Grenzen des Urheberrechtsgesetzes
ist ohne Zustimmung des Verlages unzulässig und strafbar.
Das gilt insbesondere für Vervielfältigungen, Übersetzungen,
Mikroverfilmungen und die Einspeicherung
und Verarbeitung in elektronischen Systemen.

Die Deutsche Bibliothek – CIP-Einheitsaufnahme

Thelen, Albert Vigoleis:
Glis-Glis: eine zoo-gnostische Parabel;
entstanden als Fingerübung eines Seh-Gestörten.
Beigef. sind Briefe des Autors an W. Georg Olms.
Albert Vigoleis Thelen.- 2. Aufl./mit Zeichn. von Paul König. -
Hildesheim; Zürich; New York: Olms, 2001
ISBN 3-487-08432-5

ISO 9706
© Georg Olms AG
Zweite Auflage Hildesheim 2001
Alle Rechte vorbehalten
Printed in Germay
Gedruckt auf säurefreiem und alterungsbeständigem Papier
Umschlaggestaltung: Prof. Paul König, Hildesheim
Herstellung: Weihert Druck, Darmstadt
ISBN 3-487-08432-5

für Ehren Arthur Cohn

Natura nihil agit frustra.

*

Die Natur ist die Feindin ewiger Besitzungen. Sie zerstört nach festen Gesetzen alle Zeichen des Eigentums, vertilgt alle Merkmale der Formation. Allen Geschlechtern gehört die Erde; jedes hat Anspruch auf alles.

Novalis

*

Blind führt uns die Natur den Weg zu den größten Wahrheiten; darum ist es so schwer, ihn wiederzufinden und sehend mit anderen zu gehen.

Johann Wilhelm Ritter

*

Die Regel ist überall in der Welt das Geschmeiß.

Schopenhauer

Es war einmal ein Märchen, das kam von weit her.

Niemand wußte um seinen Ursprung, der sich in die graue, ja grauerliche Vorzeit verlor, weshalb viele Menschen denn auch der Meinung zuneigten, die anberahmte Mär sei in einem Atem mit der Welt auf die Welt gekommen; und da sie von gar nichts anderem als vom Herkommen dieser Welt handelte, das gleichfalls in die Düstere der Urnacht hinabreiche, so war man just auf solche Überlieferung, die recht wohl auch Sage gewesen sein kann, besonders erpicht.

Das Märchen ging von Mund zu Mund, vererbte sich von Geschlecht zu Geschlecht, es wanderte von Volk zu Volk, ob es nur einer einzigen Zunge hörig sei.

Als es dann etlichen Ländern gelang, zu verschiedenen Zeiten und auf die unterschiedlichste Art, den Laut der menschlichen Sprache sichtbar zu bannen, als Kerbe etwa in Holz oder Schräme in Ton und Wachs; gemeißelt in Stein oder in Bronze geätzt; geschrieben auf dünn geschlagener Tierhaut, – wie immer das Verfahren gewesen sei, da wurde auch dieses Märchen gewissermaßen eingefangen, in ersichtliche Fesseln gelegt und somit eingefriedet.

Wer es noch kündete durch den Schall der Worte, der bediente sich als Vorlage nunmehr des in sein Wort gebannten Textes. Andere, selber des Ablesens kundig, erwarben das Märchen um hohen Preis, sei es als sogenannte Schriftrolle, oder sei es als Buch in dem uns heute geläufigen Sinne. Denn Tausende und aber Tausende von Menschen saßen Tag und Nacht, standen Tag und Nacht in aller Welt und fertigten Abschriften des Werkes an. Andere wieder übertrugen es in alle Sprachen, die auf der Erde gesprochen werden, und sogar in solche Idiome, die man künstlich entwickelte, die also an keine eigentliche Zunge gebunden waren, indes den Ehrgeiz hatten, alle Zungen an sich zu ketten.

Dann strebte des Menschen rastloser Geist über die Schrift hinaus nach Möglichkeiten, das Wortbild vervielfältigend und schneller zur Darstellung zu bringen, was ihm auch gelang. Wiederum zu verschiedenen Zeiten und in verschiedenen Ländern kamen die findigen Köpfe auf den Gedanken, mit Hilfe von Buchstaben-Baukästen die Laute, Glied für Glied, nach zu setzen und das so entstandene Schriftgefüge in einem nicht weniger wunderbaren Arbeitsvorgange mit Farbe auf Blätter zu übertragen, unter Anwendung eines hohen Drucks. Darum nannte man den ganzen Hergang einfach Drucken. Einmal, tausend und noch mehr Male ließen solche Druckstöcke sich abziehen, – mit einem Wort gesagt, so oft, wie man das Märchen haben wollte, um bei unserem Wortstoff zu bleiben, so viele Male zog man es ab.

Als das Märchen den Menschen erstmals gedruckt unter die Augen kam, war das Staunen groß; wie viele, die ihren Augen nicht einmal trauten. Doch schwarz auf weiß stand alles da, und so blieb den Argwöhnenden nichts anderes übrig, als an die Überwindung der schreibenden Hand zu glauben, wie man an Wunder glaubt, deren sachlicher Verlauf eben so unwiderleglich, wie unserem Verstande er unzugänglich ist. Natürlich stellte sich denn auch bald die Redeweise von Wunder-, oder, was ein und dasselbe ist, von Hexenwerk ein, von eben dem Hexenwunderwerk, wie es die Dinge und Fürfallenheiten betraf, wovon unser Märchen selbst handelt.

Der Absatz der Blätter, die man zwischen feste Deckel band, stieg ins Unermeßliche; kaum noch eine Seele auf Erden, die dieses Gebundene nicht besaß. Und weil es so innig mit dem Anbeginn der Welt und dem Herkommen des Märchens und eben auch mit dem Ursprung der Kunst des Druckens verbunden war, nannte ein über das Besteck seiner eigenen Schrift weit hinaussehender Schriftgelehrter das also Entstandene das Buch schlechthin, auch Buch des Buches; und, alle Vernunft übertrumpfend, wurde es zum Buch der Bücher.

Um dieses Überbuches willen führten die Menschen Krieg, froh, ja seelenheilfroh, einen Anlaß mehr zu haben, einander zu Kleid und Leibe zu rücken auf einer Erde, die von den Alten gerne das Alltier genannt wurde, Mutterboden jedweder viehischen Roheit.

Mord und Totschlag löste es allerorten aus, zumal es noch andere Bücher gab, die dem Buch der Bücher den Rang streitig, ja ihm den Garaus machen wollten, genau wie es in dem beregten Werke selbst geschildert wird. Alltier Welt und Mutter Erde machten wahr, was darinnen schwarz auf weiß verkündet wurde, und auf solch eine grimme und menschenfeindliche Art kam es in den Geruch, auch das Buch der Wahrheit zu sein.

Unter anderem wurde in diesem Überbuche verkündet, wie der Erfinder der Welt deren Einzelteile alle ineinander gesetzt habe, in einer Reihe von Arbeitstagen, die sich auf sieben belaufe. Das heißt, wirklich am Werke gewesen sei der Baumeister nur der Tage sechs, denn am siebenten habe er sich ausgeruht von einem derart abäschernden Getreibs.

An einem dieser bis in die kleinste Zeiteinheit mit tausendfältigem Gewerkel angefüllten Etmale, ich sage es nun geradeheraus, erschuf der Held des Märchens die Tiere, alles, was da kreucht und fleucht, schwimmt oder sonstwie sich fortbewegt in dem ihm zugedachten Lebensbereich, und somit auch ein Tier, das ein Märchen für sich allein ist.

Einen Namen gab der Bildner dem Wesen nicht; er hatte das bei keinem Tier getan, denn er war abergläubisch wie ein überwitzter Astrologe, und andererseits wird er der eigenen Schöpfung nicht getraut haben, was wiederum mit seiner All-Angst zusammenhängen mag, die Hand in Hand geht mit dem All-Wissen, das ihm gleichfalls zugeschrieben wird. So schickte er den Menschen vor, den er freilich erst erschaffen mußte, vermutlich sogar zu diesem absonderlichen Zweck. Das alles war wieder mit eigenen Schwierigkeiten verbunden und es sollte die schlimmsten Folgen ihm, dem Schöpfer selber, zeitigen, zu geschweigen von dem Unheil für die Schöpfung in jeglichem Bezug, – das Märchen weiß davon erbaulich-grauenvolle Dinge zu berichten; wen es anzieht, der lese es nach, falls das noch im Bereiche des Möglichen liegt. Doch damit greife ich meinem eigenen, ans Märchenhafte grenzenden Bericht nicht ohne Unstatten vor. Man soll ja die Bäume erst maien, wenn sie in vollem Frühlingstriebe stehen.

Ich sagte es schon, der Urheber schickte den eigens ins Leben gestellten Menschen in die Feuerlinie, und dieser, ahnungslos, weil ahnenlos, gab allem, was um ihn herum sich bewegte, einen Namen.

Unser Tier nannte er, wobei ich in meiner Darstellung die Sprachgrenze überschreiten muß, mit einem allegorischen Seitenhieb auf dessen Schöpfer, den Siebenschläfer, wiewohl beim Urheber alles Lebendigen von einem rechten Siebenschlaf nicht eigentlich die Rede sein kann.

Später traten unter den Nachfahren des menschlichen Erstlings neue Namengeber auf, die dem Tier ein Dutzend, ein Schock, hundert und gar Tausende von Benennungen beilegten, je nach ihrer Zunge und nach der Art des Verhältnisses, das sie zu ihm gewannen; und laß mich, hochpreislicher Leser, einige aufführen aus dem Umzirk der Sprache, deren ich mich hier bediene. Weitere fallen mir beim Schreiben hoffentlich noch ein:

Berg- und Haselmaus, Relle und Rellmaus; Bille und Bilge oder auch Bilich und Bilg; Roll und Rassel, Ratze und Grauel, woraus im Verlauf der Zeit vereinfachend das Graue wurde; und selbst Gräuel trat in dieser aus- und angleichenden Abfolge zutag. Fürder nenne ich, wobei die rein zoologischen Ordnungen sich vielfach überspielen, Ziesel, Zeisel und Zeiselratze, die Zeismaus und den Schlaf- und Speiszeist, dieser mit dem entsprechenden Schwund kurz der Zeist geheißen. Doch die Römer, gebildet wie sie waren zu einer Zeit, wo sie sich mit unserer Schrotmaus abgaben, taten es nicht unter einer lateinischen Bezeichnung, die darum auch kein Zoologen-Latein war und recht und schlecht auf ein altindisches Wort zurückgehen soll: glis-glis, oder auch glis esculentus, was soviel heißt, daß es der Speise diene, dem, wie die Sprachforscher wissen wollen, ein gir-i oder gir-i-ka zugrunde liege. In dieser Wurzel steckt der Begriff des Nagens, und unser Tierchen wäre die Nagerin oder Maus schlechtweg; dabei lasse ich alle Zweifel offen,

GLIS ESCULENTUS
GLIS-
GLIS
RELLE
RELLMAUS
RATZE
BILCH

weil solche Taufgeheimnisse ewig Geheimnis und jedwede etymologische Bemühung Stückwerk bleiben wie die Sprache selbst, die sich zwar von Geschlecht zu Geschlecht häutet, ohne je in ihr letztes Kleid hineinzuwachsen.

Wer aber der Haselrazze den Namen Buchmaus gegeben hat, ist auf dem Wege der Sprachwissenschaft nicht mehr zu ermitteln, weil ja der Buch-Teil des Begriffes selbst wieder gespalten ist; doch wird es wohl zu einer Zeit gewesen sein, wo der Terminus mit der Sache selbst aufkam, und, allsogleich in seinem Kern verdrängt, stiftete er Unheil im Kopf des sprachlich ach so namenlos unbelobten Schläfers.

Keineswegs wurde nun, wie es insgemein zu geschehen pflegt, eine solche Bezeichnung entscheidend für das Schicksal des Täufers, etwa im Sinne eines Verhängnisses oder als Stern des Glücks; vielmehr trat der umgekehrte Fall ein, denn wer hier in die schiere Drängnis geriet, das war der Schutzpatron selbst, und so weit konnte es kommen, daß er in einem gegebenen Augenblick zum Schutzbefohlenen wurde, jenen Schutzengeln gleich, die ein Kind sicher den Baumstamm entlang über einen reißenden Sturzbach geleiten, doch selber seiltänzelnd und wie mit dem unsichtbar aufgespannten Regenschirm des Gauklers. Wo nämlich der Name dem Getauften erst zur vollen Wesenheit verhilft, hier wurde dem Täufer das Recht am Dasein streitig gemacht, ja rundheraus abgesprochen. Es ging um Sein und Nichtsein. Doch hören wir erst noch einiges mehr über das namhafte Tier.

Als vor einem halben Jahrhundert ein Dorfschullehrer vor seiner mit Kindern bis in die Strafecken vollgepferchten Klasse die Frage stellte, wer schon einmal einen Siebenschläfer gesehen habe, da flogen die Finger von fast allen ABC-Schützen in die Höhe: der sei einer, und der, und die da, und jene erst recht! Es war eine gemischte Klasse. Fröhlichkeit sondergleichen unterbrach den Ernst der Stunde, für ein Weilchen lenkte sie die Kinder von der Fibel ab. Waren es allesamt Siebenschläfer?

Der alte Schulmeister, der sich als Imker einen Namen weit über den Kreis seiner Lehramtstätigkeit hinaus erworben hatte und trotzdem vor lauter Gicht nicht wußte, wie er gehen, stehen oder sitzen sollte, weshalb er immer lag, auch vor der Klasse, auf einer von ihm selbst entworfenen Paukerpritsche, er schlug mit der Haselrute auf die erste der langen Bänke – man saß damals noch zu Zwanzig in der Zwangsbank – und er sagte, nicht die schläfrigen Wichte der Klasse meine er, sondern ein Tierchen des Waldes namens Siebenschläfer, den Bilch, die Bilchmaus; allerdings heiße es auch die Schlafratze, selbst Schrot- und sogar Buchmaus: »Wer von euch kennt ein solches Tier?«

Nun blieben alle Finger unten. Nicht einmal ein Knirps, dessen Vater Waldhüter und zugleich Gemeindewilderer war und der behauptete, alle Tiere des heimischen Busches zu kennen, nicht mal dieser kleine Waldläufer kannte den Glis, indessen bot er sich vorlauterweise an, dem Herrn Lehrer lebende Feldmäuse in jeder gewünschten Zahl mitzubringen. Das war keine Großsprecherei, denn zu der beregten Zeit wurden die Felder meiner Heimat von den Schermäusen plageartig heimgesucht.

Seiner Gestalt nach aber ein Mittelding zwischen dem Eichhörnchen und der gemeinen Ratte, mit einem zweizeilig behaarten Schwanz, den er wie eine kostbare Pelzkrause und gleich dem Hageprunk einer echten Dame um sich schlagen kann, ist der Bilch auf der Grotzenseite aschengrau, mit einem bald hellen, oft auch dunkleren Braun gestromt. Milchweiße Töne fehlen nicht; an der Wamme vor allem, die ja bei vielen Pelztieren gerne ins Silberweiß spielt, schimmern sie auf. Sie bringen es auch fertig, diese Rauchträger, an einer so ausgesprochen heiklen Stelle des Körpers stets sauber in der Farbe sich zu halten, wiewohl sie den Bauch fast ganz zum Liegen verwenden, und das nicht immer auf den saubersten Unterlagen.

Eigentümlichkeiten des Gebisses kommen hier weniger in Betracht, doch darf ich vielleicht erwähnen, daß die Backzähne unseres Schläfergastes Kauflächen und schöne ornamentale Schmelzfalten aufweisen, die sich vorzüglich zum sogenannten Kunden eignen würden, wie manch ein Roßtäuscher es am zu alten Gaule kundig übt. Wer indessen verfiele schon auf den Gedanken, einen Gräuel zu kunden, zumal heutigentags, wo er kaum noch eine Handelsware auf dem Pelztier- oder Wildpretmarkt ist?

Ob die alten Römer derartige Gaunertricks angewendet haben, ist mir nicht bekannt. Ich besitze sozusagen keine Literatur über den Glis-Glis und die Glirarien im Rom der Kaiserzeit, jene Bilchmast-Anstalten, die ein einträgliches Geschäft gewesen sein müssen. Der fette Speiszeist war ja ein Leckerbissen für die Marmortafel des begüterten Schlemmers. Später dann wollte jeder Untertan des Römischen Weltreiches allsonntags seinen Glis esculentus in der Kasserolle haben, und mit dieser unseligen Losung war der Untergang des Imperiums besiegelt. Die Götter blaßten. Die alte Bildung wurde beiseite geschoben. Der manchen Gottheiten heilige Fisch, er gelangte jetzt mit dem plebejischen Christentum zu ungeahnter Speisebedeutung und verdrängte rasch die gefeistete Zeismaus aus der Vormachtstellung, die sie in der Küche innehatte. Bald schon kamen die Bilchfarmen unter den Hammer, ein Konkurs jagte den anderen, und mit den entlassenen Mästerei-Sklaven gewannen halb- und vollmastige Haselmäuse zu tausenden ihre Freiheit wieder; oder sie erfreuten sich zum ersten Male in ihrem Leben solcher Selbstbestimmung in der getauften Welt. Denn die meisten unter ihnen waren in den Glirarien ausgeheckt worden, Wesen also, die ohne des Menschen Eingriff in die Bilcherei nimmer das Lebenslicht erblickt haben würden, Schicksale ähnlich denen des Kanarienvogels, der feineren Weinbergschnecke, der Biene, japanischen Tanzmaus, der meisten Schweine, – die Zahl solcher menschwohlgefälligen Zwangsgeburten ist nicht zu ermitteln. Schicksale ähnlich auch dem der Nachkommenschaft jener frühen Kolonisten Amerikas, denen man Zuchtweiber letzter Güte über das große Wasser hinterdrein verschiffte. Ihrer einige gebieten heute der Welt.

Herrschte nun aber eitel Freude unter den Schlafratzen, als der gelüstig-gefräßige Mensch davon abließ, sie zu mästen für den eigenen Bauch- und Atzkult? Man möchte sagen ja, doch war man in den Zeistkreisen anderer Auffassung über derlei Fragen menschlicher Vorsehung: lieber sei man gezeugt, in die Feim gesetzt und nachher als fetter Wanst von einem Fettwanst verspeist, denn daß man überhaupt nicht zum Leben erweckt worden sei und so in jeder Hinsicht das Nachsehen habe.

Darüber läßt sich streiten. Ich für meine Person wäre viel lieber nicht erzeugt worden; und ich möchte auch kein Speiszeist gewesen sein zur backsteinernen Römerzeit. Heute, wo Menschen als Kriegsfutter sich blindlings weiterzüchten und einander in die Todesfeim treiben, bin ich ja auch nicht gerne als Mensch ein Stück der Menschheit. Doch das ist meine Sache.

Somit kurz und gut, der bilchlichen Gesellschaft machte sich ein schweres seelisches Trauma mächtig, dessen Begleitaffekte in Generationen noch aber Generationen nicht abreagiert werden konnten, bis schließlich die Buchneurose ausbrach, die mich hier einzig beschäftigt, wie der eine oder andere meiner gewitzten Leser schon bemerkt haben wird.

Da mit jeder Neurose bösfertige Schlafstörungen einhergehen, kann man sich vorstellen, wie solch eine gesteigerte Unlusterscheinung sich auswirken muß auf ein Erdenwesen, das von den zwölf Monaten des Jahres rund sieben verschläft, will es überhaupt lebensfähig bleiben. Der Winterschlaf ist ja ein ausgesprochenes Lebens-Elexier, wie kein solches uns Menschen zur Verfügung steht. Vergeblich haben die Alchemisten vergangener Jahrhunderte nach diesem Stein der Weisen gesucht, vergeblich geschürft nach einem Stoff, der jedes unedle Metall in lauteres Gold verwandelt. Manchem Tier indes ist dieses Zeug mit auf den Lebensweg gegeben. Sicherlich aber wird es den Goldköchen und atomaren Heerlingskrämern unserer Tage gelingen, den begehrten Stein nicht nur ausfindig zu machen; er wird dem Volke auch erschwinglich sein, für ein paar Groschen hygienisch in Cellophan verpackt; dann können wir es mit dem Schlafratz halten, mit dem Regenwurm oder mit ähnlich begnadeten Wesen, die ihrer Körper Säfte unterbinden, wenn die Leichlege des Herbstes die verweinten Gärten prägt.

Was aber wäre wohl, andererseits, aus den Siebenschläfern der Heiligenlegende geworden, so frage ich mich jetzt und immer wieder, wenn eine vegetative Dystonie – man vergebe mir das klinische Modewort, womit die schiere Untüchte seelischer Ergründung des Menschen weggeschwätzt wird – wenn eine solche Überspannung des Zwerchfells ihre Schlafkraft angetastet hätte?

Der geneigte Leser erinnert sich vielleicht der erbaulichen Begebnis mit den sieben Brüdern aus Ephesus, die sich vor den Christenverfolgungen in einer Erdhöhle versteckt hatten. Da kamen die verstockten Heidenmenschen und mauerten ihnen den Eingang zu, nicht ohne daß sie zuvor weidgerecht bestrebt gewesen wären, die hartgesottenen Jünglinge des Herrn auszuräuchern wie Schliefdere aus ihrem Bau. Der Versuch mißlang, und selbst Hunde, die man in die Höhle hatte einspüren lassen, vermochten das fromme Wild nicht zu fretten. Vielmehr kamen die Bestien, den Schwanz zwischen die Beine geklemmt und auch sonst mit allen Zeichen der Angst, einer zur Höllenangst gewordenen Höhlenpanik, aus dem Gang herausgeschossen und waren fürder nicht mehr dazu zu bringen, am belfernden Halali der Christenhatz teilzunehmen; ein für allemal waren sie für diese damals so beliebte höhere Weidnerei verpatzt.

Die Jünglinge indessen, die jedermann eines grauenvollen Märtyrertodes gestorben wähnte, waren nur in einen Tiefschlaf gefallen, aus dem sie erst erwachten, als zufällig ein Bauernknecht den Eingang zum Stollen freilegte. Einer nach dem anderen kamen die verschollenen Knaben jetzt zum Vorschein gekrochen, quicklebendig, wie es geschienen haben soll, in frömmiger Heiterkeit und Herzensfrische. Gut ausgeschlafen, rieben sie sich die Augen, und sie wunderten sich sehr, ja sie kamen aus dem Staunen überhaupt nicht mehr heraus: um sie herum war die Welt ganz anders geworden, – wie war das nur gottsmöglich? Blickten sie in eine Laterna Magica? Über Nacht hatte sich das Antlitz der ihnen so vertrauten Heimaterde verwandelt, – doch bis zur Unkenntlichkeit?

Daß ein Mensch über Nacht weiß werden kann, wußten sie aus glaubwürdiger Überlieferung, doch eine Vergreisung oder Verjüngung der Welt in einem Etmal, ja einer einzigen Gezeit? Das gab zu denken, und sie zogen die Brauen noch höher.

Als dann einer der Knaben sich in der Stadt nach etwas Eßbarem umtat – nach jeder Überwinterung meldet sich der Magen mit einem besonderen Grimmen, wie auch die Verkrochenen ein solches spürten, unerklärlich zwar auch dies, denn von der inneren Wandlung, deren Opfer sie geworden, wußten sie ja noch nichts- als der Fourageknabe

Umschau hielt, was mußten seine Augen da erblicken? Waren es phantastische Gesichtserscheinungen, Nachbilder der unterirdischen Gaukelträume, – und was witterte der Höhlenköter? Der legendenfeste Leser weiß, daß auch ein vor Gott frommer Hund am Schlaf der Sieben teilhaben durfte:

Der Knabe sah neue Bauwerke, es waren die christlichen Kirchen, und keine Spur mehr von den heidnischen Tempeln, wo man Götzenbildern geopfert und mit Weihrauch, Schlachtmenschen und Schlachtvieh den holokaustischen Zauber getrieben hatte.

Diese rasche Wandlung von einem Zauber in den anderen, sie sollte sich zwischen Abend und Morgen vollzogen haben, während sie selig dem Schlafe geholdet? Nun, dem Zauber ist keine Frist gestellt, ich meine keine lange Frist; vielmehr ist er angewiesen auf die Fixigkeit, das Handumdrehen, die Blitzesschnelle, womit er sein verblüffendes Werk ins Spiel setzt. Wenn etwa die Henne ihr Ei zeitigt, ist das wohl ein großes und geheimnisvolles Geschehen, doch längst kein Hexenwerk in unserem Menschensinne. Legt sie aber das Ei, tut darüber einen gackernden Spruch, und schon pocht das neue Wesen mit dem Eizahn an die Schale, wir sehen es schlüpfen: da besegnen wir uns vor lauter Staunen und zahlen dem Vogel gerne den doppelten Eintrittspreis.

»Blind«, so sagt es der verkannte, frühvollendete Meister romantischer Naturwissenschaften, ein heute völlig vergessener Dichter, obwohl gerade unsere Atomzertrümmerer sich mit ihm beschäftigen sollten, – »blind führt uns die Natur den Weg zu den größten Wahrheiten; darum ist es so schwer, ihn wiederzufinden und sehend mit anderen zu gehen.« Und an anderer Stelle im Werk dieses verspielten Genies heißt es: auf den Menschen reime sich die ganze Natur.

Unser frommer Knabe indessen, auf den sich nur noch das Staunen über die bekehrte Welt reimt, er stand immer noch herum und marterte seine Erinnerung. Da kamen Leute des Wegs, die ihn aus der Zwingnis eines vermeintlich wirren Gedächtnisses befreiten: man schreibe das Jahr des Herrn 450, – zweihundert Jahre lang hatte das Elixier ihrer Glaubenskraft das unedle Metall Vergänglichkeit ins Gold einer kleinen Ewigkeit verwandelt.

Als aber ihnen allen inne ward, daß sie gelagert hatten wie greisender Wein im Gewölbe göttlicher Schönung, da fielen die Märtyrer einander singend und den neuen Gott lobpreisend in die Arme.

Wenige Augenblicke darauf starben sie, und alle auf einen Schlag, wie auf den Wichtelpfiff des Höchsten herausgehoben aus einem längst überholten Leben. So wurde der lange Schlaf ihnen vergolten um den echten Schlaf für alle Ewigkeit.

Viele Völker haben Legenden von Langschläfern ausgebildet. Wie sind sie zu erklären? Zu allen Zeiten waren die Zeitläufte wüst und unwirsch, sogar die sogenannten goldenen Abschnitte hatten es in sich. Die Neurosen sind so alt wie die Welt selbst, – was denn kann die Schlafhelden solcher Geschichten gegen die Zeitkrankheit feien? Kannten sie alle schon mein Kräutlein Nievergall, die Reimblüte eines Gedichts?

Mir, der ich seit undenklichen Zeiten an Schlaflosigkeit leide, unvermöge, mich des eigenen Krautes zu bedienen, mir raten Freunde, die in der Weltgeschichte belesen sind, immer wieder und auch heiligen Ernstes an, den erkleckenden Kniff mit den Schlafknaben anzuwenden, der darauf hinausgeht, daß man die genau bekannten Namen der sieben Brüder aus Ephesus auf einen Zettel schreibt und sich diesen vor dem Schlafengehen unter das Kopfkissen legt: sofort komme dann die Nacht über einen. Manch bitterliebes Mal habe ich das an Salonblödsinn grenzende Verfahren angewendet, immer in einer anderen Namenfolge, von Hand und mit der Maschine geschrieben, sogar in Spiegelschrift und von hinten nach vorne, was sehr zeitraubend und schlafstörend an sich war. Gewirkt hat es aber nie. Ein derartiges Martyrologium unter dem Haupte zu wissen ist überhaupt viel zu aufregend, als daß da noch Schlaf in meine Augen kommen könnte; ich vermöchte auch nicht einzuschlafen mit einer geladenen Pistole in Reichweite meiner Hand. Indessen, ich will ja nur sagen, daß es den herrlichen Jünglingen schlecht ergangen wäre, wenn sie an einer so uralt-ewig-neuen Neurose gelitten hätten. Wachen Sinnes wären sie erstickt, die Heiden hätten sich vor Vergnügen die Hände gerieben, und das Christentum wäre einen ganz anderen Weg gegangen.

Nun aber zurück zum eigenen Weg, auf die Spur des schläfrigen Eichhorns, dessen große Augen noch eine Erwähnung verdienen, da sie wie echte Basedow-Augen in seelischem Glanze aufleuchten können. Sie bannen dir den Blick eine Stunde und mehr; solange, genau gesagt, bis du dich an ihnen versiehst. Es sind Lichter für die Nacht gerüstet, ohne daß sie freilich besonders scharf wären. Die im Weichbilde der Rocca Vispa, meinem augenblicklichen Standfels, bodenständigen Schläfergräuel sehen nicht weiter als zwei Klafter in stockfinsterer Nacht, wie ich das wiederholt habe feststellen können, mit Hilfe eines Nachtglases freilich, denn mein eigenes, auch leicht von Herrn Basedow angestrahltes Auge sieht ohne Bewaffnung im Dunkeln nicht einmal die vorgehaltene Hand. Dafür ist des Tierchens Witterung um so feiner ausgebildet. Käse schnobert es einen Steinwurf weit gegen den Wind. Wäre ich Jäger oder auch nur im Besitz eines der berühmten Jagdlexika, ich könnte dies alles in der tabuistischen Weidmanns-Sprache viel schöner zum Ausdruck bringen, doch hoffe ich, daß man mich auch so versteht. Vor allem der etwas ins Süßliche verwürzte Fontina-Käse aus dem Val d'Aosta bannt den Roll derart, daß er sich seiner natürlichen Scheu begibt; auf Reichlänge kommt er an den Menschen heran und scheint völlig zu vergessen, wie eindringlich ihm die auf alles gefaßte Mutter Natur einen ganz bestimmten, fein erklügelten Flucht-Abstand vorschreibt.

An meinen Hausbilchen habe ich alle in Ascona und Locarno feilen Käsesorten auf ihre Lockwirkung hin erprobt. Die Ergebnisse dieser Versuche sind allerdings anfechtbar und keineswegs entscheidend im Rahmen einer wissenschaftlich ernst zu nehmenden Forschung, denn mir standen immer nur die Krusten mit dem vitaminreichen Schimmelrasen für mein Experiment zur Verfügung, und noch ist der Mensch dem Schimmel feind.

Daß aber die Zischmaus ein arger Nesträuber ist, weiß jeder Vogelfreund, der seine Nistkästen ohne die nötige Vorsorge angebracht hat. Vor allem die ebenso vielköpfige wie schludrig hingenistete Brut der Kohlmeise ist dem gefräßigen Grauen ein Beutegut, auf das er wie angepicht ist, während der Kleiber sich vorsieht und die Öffnung seiner Höhle zukleibt, daß selbst der magerste Zeist nicht mehr einschlüpfen kann. Sonst entgeht kein Gebrüt seinem Zahn.

Auch nimmt die Bilge gern und ohne viel Federlesens Brot an, das in Schnaps eingeweicht ist, und rasch wird sie betrunken. Ob sie dann in einen Schlafrausch verfällt, weiß ich nicht zu sagen, da ich meine Beobachtungen einzig in der freien Wildbahn der Rocca Vispa machen kann, dem biblischen Manne Noach gleich, den ich wie jeden Schafhirten oder Imker den Naturkundigen zuordne und der kraft seiner Sendung zu den größten Naturforschern der Menschheit zählen würde, ebenbürtig neben Brehm, Linné, Tschudi oder Aristoteles, wenn er, – ja, wenn er nur Aufzeichnungen hinterlassen hätte, oder, wie Sokrates, Gewährsmänner der geistigen Überlieferung vorweisen könnte. Leider hat er nichts hinterlassen, rein gar nichts, und das wohl darum, weil er glaubte sich darauf beschränken zu müssen, einzig der Fortpflanzung seines Geschlechtes dienlich zu sein, wie es ihm, dem auserkorenen Samenbolde des Herrn, der Herr des Märchens befohlen hatte. Außerdem war er der erste, der Weinreben pflanzte und Trauben zu keltern begann. Als Weinbeißer ward er sogar bald berüchtigt, weit und breit. Man weiß, daß er meist trunken war und dann entblößt in seinem Zelte lag, um sich herum die Welt vergessend und selbst die Tatsache, daß er sie mit seiner Süchtigkeit verbessern wollte. Wie hätte ein solcher Mensch da an Aufzeichnungen über sein Zusammenleben mit den Menschen seines Stammes und den Tieren der Schöpfung denken können. Man wird mir entgegenhalten, es habe viele und gar allergrößte Schriftsteller gegeben, die nur im Rausch ihre Werke verfaßten, so wie gewöhnliche Sterbliche in der Berauschung Kinder zeugen oder sonstwie lästig werden. Die so schreiben, unter solchem Spornstreich, das sind freilich immer die geborenen Dichter, wohingegen Noach nur der sagenhafte Mensch einer Dichtung ist; an sich kein unebener Geselle, doch, wie gesagt, über den Umgang mit seinen Tieren verlautet kein Wort. Zum Beispiel, war die Zeiselratze Gast in der schwimmenden Herberge? Ohne Zweifel war sie mit von der Archepartie, denn Noach hatte dem Herrn blind gehorsamt, keine

Tierart war von der Bergung ausgeschlossen worden, es sei denn, der Notmeister habe im Trubel der Musterung die eine oder andere Gemahlschaft übergangen. Freilich wird es sich bei dem Grauen, damals, um die kaukasische Spielart gehandelt haben, um den Glis caspicus, aus welchem dann alle anderen Abarten sich auf rein zoologische Weise haben herausbilden können.

Uns Heutigen gelte es nun zu wissen, ob zur Zeit der großen Flut Freund Bilich unter die reinen oder unreinen Tiere gerechnet wurde; ob sonach sieben Pärchen Siebenschläfer die in hundertjähriger Mühsal und gottgetroster Hobelfronde aus dem unverweslichen und darum derzeit schon mit Gold kaum aufzuwiegenden Gopherholz gezimmerte Zufluchtslade bezogen, oder nur ein einziger Schlafzeist dort den Einzug hielt mit seiner auserwählten Schläferin. Denn von den sogenannten unreinen Tieren duldete der Zornmütige nur je ein in Ehe vereintes Gespann, und auch das wird ihn noch bitter angekommen sein, denn er war kein großgünstiger Geist. Von einem neuerlichen Standpunkte der Erblehre aus betrachtet war das hinwieder klug gehandelt, denn reine Wesen sind reif für den Verfall; der Fortpflanzung taugen sie nicht eben viel, sie gefährden die Art. So kannte ich vor Jahren einen Mann, in Spanien, der hatte Schwimmhäute zwischen den Zehen, wie ein Flughörnchen, was ihm beim Schwimmen zugute kam; er hätte Taucher werden können und ist es vielleicht auch geworden. Im Bürgerkriege jedenfalls tauchte er unter, und so weiß ich nicht, ob er Nachkommen hinterlassen hat. Doch von den Siebenschläfern, so ihrer zwei mal sieben zu Paaren fielen, war möglicherweise nur ein einziges zeugungsfähig und vermöge, sich um den Fortbestand des Geschlechts zu kümmern, während es bei den unreinen Gesponsen mit der erblichen Lust notnünftigerweise wie am Schnürchen zugegangen sein wird, und dies alles, wer weiß, schon in der auserwählten Arche des Urherrn aller Sünde, die Sünde umtost von der fälschlich nach ihr benannten Flut.

Daß der gesellschaftlichen Ungleichheit hierbei Tür und Tor geöffnet wurde, sei nur am Rande der Begebnisse erwähnt und nicht einzig in betreff der Weihegrade und göttlichen Opfererkorenheit. Wie dachte ein Tier, menschlich gesehen, dem die Natur eine kleine Registermeste an Leibesfülle zuerkannt hatte, über die großen Raumverdränger, den Elefanten, das Nashorn, die Giraffe, deretwegen man den obersten Stockverschlag noch mit einem besonders verpichten Halskamin versehen mußte; zu geschweigen von gewissen Sauriern, die nicht mehr wassertüchtig waren? Kam da der bare Neid ins Geding? Begann, wer es konnte, zu rechnen und somit zu rechten: daß etwa auf eine Elefantenkuh mehr als dreitausend Billmäuse kamen, sofern ich selber die Inhalte richtig bemesse; auf einen Bilch dreihundert Flöhe; auf einen Floh noch ungezählte Flohschmarotzer? Hier wittere ich das Urei aller demokratischen Scheingerechtigkeit, die dick und dünn, klug und dumm, dreist und feige, lahm und rank unbekümmert mit ein und derselben Elle mißt, alles über den gleichen Leisten irdischer Klumpfüßigkeit schlägt.

Nichts hat der im Herrn so schwer trunkfällig gewordene Erzvater, noch dessen Söhne und Schwiegertöchter, sie haben nichts über diese mich immer wieder erschütternden Fragen laut werden lassen; kein dem entsprechendes Rauchopfergespräch ist durch die Fugen des Sammelkastens in die Außenwelt gedrungen, wo schließlich auch nur Wasserfluten ein schauerlich hohles Echo hätten geben können. Kein Jägerlatein aus der Arche und ihrer drangvoll zeugeträchtigen Welt ist erhalten geblieben; ja, so fragt ein besorgter Leser, haben solche Plaudereien überhaupt stattgefunden, oder hat man nur gebangt, was nicht nötig war, und gebetet, und den Tieren das Futter aufgeschüttet, vorgeworfen oder wie immer es zugemessen wurde? Hat man schon Tiere verspeist, Zischmäuse gar gemästet und sie sich zum eigenen Leckermahle bereitet, das, wie oft nicht, ihr Henkersmahl ihnen geschienen haben mag? Hat der Sintfluter sich der Arche-Menagerie in sofern erbarmt, als er den Insassen das Wunder eines langfristigen Nährfastens zuteil werden ließ? Wir wissen es nicht, sogar das Abessinische Adamsbuch schweigt sich über diese Dinge taktvoll aus.

Kaum aber, daß die Fluten sanken und man endlich draußen war, wie es im Märchen überliefert wird, auf dem Trockenen irgendwo im Niemandslande, da stob alles in alle Niemandswelt hinaus, rein oder unrein, abgemagert oder wunderswohl im eigenen Fett erhalten, und des Besamens ward kein Ende mehr, in der freien Natur, unter freiem Himmel, bei Mensch und Tier. Ein jeglich nach seiner Schenkeltüchte und dem Grade seiner göttlichen Entartung zollte dem Leben den Tribut des Herrn. Was zurückblieb, wie der Sud im Bilgenwasser, das war der Pick, der Brotneid, die giftzischende Scheelsucht, das in der Arche erkannte sodomische Gelüst, der Arche-Typ alles Lebendigen im diluvialen Sinne des Worts.

Und es blieb auf Erden der Graue, Glis-Glis, oder die Buchmaus, verhängnisvoll namenlos im Buch der Bücher.

Deshalb müssen wir weiter hören, was geschieht.

*

Wo die Zieselrelle nicht von Menschenhand gemästet wird, was heute selten vorkommt, da mästet sie sich selbst. Es ist die Regel, und so brandschatzt sie ganze Eichen- und Buchenhaine, fällt in die Obstgärten ein, holt sich die Nüsse von den Bäumen herunter; sie lauert dem fetteren Gekerfe auf, verzehrt auch gerne einen Sperling, sofern sie ihn erwischen kann; gütlich tut sie sich an den Weintrauben und hält sich schadlos an Baumrinden, wenn es in ihrem Futterbereich an einer ihr gemäßeren Speise fehlt.

Ja, es muß gesagt werden, die Rellmäuse rücken einander sogar selber auf den Leib und nagen sich gegenseitig an, wird die Atznot allzugroß.

Auf ihren Wanderungen sind die Siebenschläfer gefürchtet. Diebisch wie Zigeuner und Baschkiren ziehen sie durch das Land. Eine Hausfrau, die ihre Vorratskammer nicht mit Umsicht verschließt, steht betroffen da, wenn die Schrotmäuse ihrem Reich einen nächtlichen Besuch abgestattet haben. Wohnt dir so ein Gräuel über dem Kopf, sei es in einem Zwischenboden, dem Söllerverschlag oder auch nur im Gehrgeschoß, dann ist es um deinen

Schlaf geschehn. Das poltert und jagt sich und springt und kugelt, schiebt Nüsse und wirft mit allerlei anderen harten Früchten, als gebe es keine Bestimmungen betreffend den ruhestörenden Lärm, der freilich unter Menschen nur dann geahndet wird, wenn er ohne gerechtfertigte Veranlassung vor sich geht. Beim Volk der Rassel ist er ein Lebensgesetz und somit gesetzlos. Falls dann ein Iltis oder Marder noch den sich Mästenden nachstellt, ist überhaupt die Hölle über dir ausgebrochen, da hilft einzig das Ausräuchern mit der Giftpatrone, es sei denn, man ziehe es vor, sich selber den roten Hahn auf's Dach zu setzen. Ein verbilchtes Haus ist unbewohnbar.

Die Rocca Vispa, aus Stahl, Beton und Glas erbaut, auf felsenem Grunde, ist eine feste Burg wider den Glis. An den glatten Wänden kann er nicht hinauflaufen; alle Bäume des Parks stehen der Feuchtigkeit wegen so weit von den Mauern ab, daß auch der kühnste Turner unter den Rellratzen sich nicht von einem Ast auf die nächstgelegene Fensterbrüstung schlenzen könnte. Schließt man zwischen Licht und Dunkel alle Türen, oder hielte man sich eigens einen Bilchfänger, das sind kleine, dackelartige Hunde, die auf den Bergrollenfang abgerichtet sind, dann droht dem Hause keine Gefahr. Indessen habe ich einen solch tekelnden Fretter nicht. Trotzdem ist die Rocca Vispa ein völlig bilchfreies Haus. Jederzeit könnte ich mir das vom Revierjäger bestätigen lassen; doch da mir an Scheinen nichts gelegen ist und ich ein derartiges Glis-Papier nie und nirgend vorweisen muß, bemühe ich kein Amt um den Wisch. Ich erwähne den negativen Befund einzig um zu zeigen, daß ich nicht in einem Zeisleprosium lebe und niemand mich mitsamt dem Rellvieh auszuräuchern braucht.

Dem war freilich nicht immer so. Das kubisch-bauhäuslerische Haus, auf noch lebendem Fels erbaut, was auch den Namen erklärt, hat dreizehn Jahre lang leer gestanden, ein Tummelplatz für Geister, Zismaus und Specht, Meise und Zornnatter, Eule, Einbrecher und ähnliche Storger, die überall da auftauchen, wo der Mensch nicht mehr regelmäßig ein- und ausgeht. Sogar die Steinhummel hatte ihre ungefügen Waben in den Räumen angelegt, überwinterte jedoch ordnungsgemäß im nächsten Erdloch.

Zu den Eindringlingen, die neue Besitzverhältnisse auf dem sich regenden Gestein erschaffen wollten, gehörten also auch die Siebenschläfer. Wer hätte es ihnen übelnehmen wollen, daß sie sich zu Usurpatoren auf dem verlassenen Felsgewese aufwarfen. Um so furchtbarer war darum das Geschick, das eine ihrer Sippen traf, die sich den Zugang zum Hause zu erzwingen suchte, an einer Stelle, wo es für sie in jeder Beziehung denkbar ungünstig war. Warum nagten sie sich nicht freie Bahn durch die Herrschaftstür, zumal kein Hüter da war, es ihnen zu verwehren?

Gemäß ihrer wühlenden und bohrenden Natur hatten die Schrotbillen sich für den Kanal der Telephonleitung als Durchgangsstollen entschlossen.

Im Erdreich der Grotte, die sich fast unter der ganzen Front des Hauses hinzieht, hatte ein Vorschnoberer die Röhre gewittert mit dem diesen Tieren eigenen Übersinn für alles, was hohl ist, und sofort rückte die Rotte an und wühlte. Dann gelangten die Tiere aufwärts, in steiler Steigung, duckgängig, immer pelz-eng umschlossen vom Zoreseisen, das auch innen starke Rostspuren aufwies, die sich auf ihr sonst so sauber gehaltenes Haarkleid übertrugen und ohne daß ihnen dabei der Gedanke gekommen wäre und vielleicht auch gar nicht hatte kommen können, daß es einmal einen Mann Zores gegeben hat, dem die Röhre ihren befremdlichen Namen verdankt und der in gewiß sehr weiter Schicksalsüberspielung unsere Billen dem Tode in die Arme treiben sollte. So denn gelangten sie aufwärts, höher, höher, und sie kamen fast bis an den Ort, wo die großen Tuben durch die Felswand ins Kellergewölbe gehen.

Hinter sich hatten sie keine Verfolger, sei es denn einzig die in eigener Sache behutsam fortschleichende Zeit, die sie mit jedem Körnchen, das durch die Uhr rieselte, dem Starrschlaf näherbrachte. Tatsächlich muß der erste Kitzel zur periodischen Winterung sie dort überkommen haben, ähnlich wie es den sieben Brüdern aus der erbaulichen Geschichte geschah. Doch waren es bei den Rellen ihrer neun, die bald friedfertig, zu einem Knäuel ineinander gerollt, an der geeignetsten Weitung des Kanals den Anbruch der neuen Schlaraffenzeit erwarteten.

Als dann die Säfte wieder stiegen, in Baum und Strauch, und vieles sich regte zu neuem Erkennen, da entwirrten sich die Bilgen, sie streckten und reckten sich, und baldig strebten sie auf noch klammen Läufen dem Ausgang zu; voran der alte Rellratz, Oberschnoberer und wühlende Vorscharr des Trupps. Wo aber ein Bauersmann den Schläfern aus Ephesus den Stollenmund freigelegt hatte, fanden die neun Winterlinge der Rocca Vispa den Schlupf versperrt. Ein Brocken Fels lag davor, jemand mochte ihn dort hingelegt haben; vielleicht hatte er sich auch aus dem sich regenden Gestein gelöst und war in die Öffnung gerollt. Jedenfalls vermochten sie nicht, sei es mit vereinten Kräften, sei es mit dem Geschick einer einzigen grabtüchtigen Vorderpfote, das Hindernis beiseite zu schaffen. Am entgegengesetzten Ende der Winterschliefe war die Sache noch schlimmer. Da stieß man auf reinen Zement.

Was an tierisch stumpfer und tumber Verzweiflung unter den für einen ewigen Winter eingeschlossenen Schrotmäusen sich im Stichdunkeln mag abgespielt haben, ist dem leicht gewärtig, der die Lebensgewohnheiten dieser Schläferkunden kennt, sei es aus eigener Beobachtung, oder aus der einschlagenden Literatur, oder aus beiden zuverlässigen Quellen zugleich, wie es bei mir glücklicherweise der Fall ist. Es endete, kurz, mit dem Tode des letzten Roll durch – Bleivergiftung.

Ja, es ist, wie ich sage, Bleivergiftung in der Telephonschlaube der Rocca Vispa, – und so hat es sich auf Biß und Hieb genau zugetragen:

In ihrer Höllenangst rannten die Aftermärtyrer erst wie rasend, doch bald schon wirklicher Raserei verfallen durch die vermeintliche Schliefröhre; knabberten an den Schalen der verzehrten Wintervorräte – sie hatten so manches eingebracht – bis sie sich schließlich entschlossen, sie regelrecht zu verspeisen. In der Not soll der Teufel Fliegen fressen, und auch ohne Not ist der Mensch, wie oft nicht, dem Menschen ein Wolf, so nicht ärger: ein Mensch, der Mensch schlechthin.

Darauf benagte man die mit einer widerlich riechenden Masse getränkten Wergpackungen der Kabel, stieß bald schon auf Metall, das aber weich und beißbar war, indessen an den Zähnen noch ekliger

WORT

schürfte als der hänfene Wickel. Wozu dieses ganze unbehagliche Wechselspiel, hätte jeder halbwegs vernünftige Mensch sich gefragt; doch die gänzlich vernunftlose Kreatur wurde nur bissiger; nicht viel fehlte und man zeigte sich Klaue und Zahn; und bald schon kam der Augenblick, wo wirklich nichts mehr fehlte und man dazu übergehen konnte, sich die Wehren vorzuhalten, dieses dem Tier wie den Menschen welt-alt angestorbene Erbgut, mit dessen Hilfe sich alles Leibliche auf den Beinen hält. Das heißt nun, da sich der grasse Kampf in der Finsternis der Zoresröhre abspielte, ging man einander mit dem gottgewollten und gottverfluchten Gezähe unsichtbar zu Leibe, in blinder Bekriegung; und je blinder die Wut, je schrecklicher die Verstümmelungen, nicht nur unter den Siebenschläfern.

Warum auch sich erst bedrohen, wo kein Ratz des andern erhobene Klaue noch den fletschen Zahn zu sehen vermochte? Bilch um Bilch fraß Bilch um Bilch, nach dem wiederum uralt-göttlichen Gesetz von der stärkeren Hand. Man fraß sich mit Haut und Haar, ineinander verbissen, verstrengt und verklaut, blutig verklammt und mit giftzischender Gier. Man schleckte den köstlichen Saft, sofern es einem gelang, die Zähne oder sei es den letzten Zahn aus der graulichen Kluppe des anderen Gezähns zu ziehen und schlappte gierhälsig an dem Gerinnsel. Hatte der eine Zeisel gerade des anderen Zahn im Pelz, der oben so schön beschrieben worden ist, dann hieb er einem dritten Speiszeist ein Ohr ab und verschlang es. Zeitweise wird sich das reihum-Fressen und reihum-Gefressenwerden die Waage gehalten haben; dann wieder entknäuelte man sich und schlich zur Verdauung und Schmerzenslinderung ein wenig in der Röhre umher, merkwürdig erleichtert um ganze Körperteile und doch längst kein toter Bilch. Man rollte sich ein, sofern das noch ging, oder übte in solchen Pausen ein wenig Selbstverstümmelung, da man zu guter Letzt nicht mehr wußte, wer man eigentlich war, ein fremder oder der eigene, sich selbst ach so entfremdete Roll.

Jede Selbstverstümmelung setzt den Drang zur Selbstentohnigung voraus, wovon die Asketen der Wüste ein Liedchen zu singen gewußt; und wem, bitte, gehört dieser Schwanz, diese Pfote, diese längst aus jedem Sehbezug freigewordene Glotze? Hunger macht

demokratisch, – weshalb aber trifft man in kommunistischen Gesellschaften so viel davon an? – und Demokratie ist, wenn sie schief geht, der erste Schritt zur Selbstherrlichkeit aller Blutronne.

Die Besinnlichen freilich unter dem Rellvieh gingen in sich, in das klein wenige, worin sie noch gehen konnten. Dann flammte der Kampfgeist wieder auf, die Zischmäuse traten sich erneut entgegen. Wie lange dieses unterirdische Gemetzel gedauert hat, wage ich nicht einmal schätzungsweise anzugeben; sicher ist mir, daß der stärkste Glis, der Über- und Enaksbilch als Sieger auf der Walstatt verblieb, selber um viele Teile seines Leibes gebracht, aber lebend und bald schon neuer Nahrung bedürftig.

Dieser Hüne beging, wie alle Überwesen sich vermessen, seinen grundlegenden Fehler: er machte sich an die Bleiumhüllung der elektrischen Drähte heran und verspeiste sie. Angeschrotet war der Kabelmantel ohnedies schon von den Neunen. Die Dosis hinwieder, eine akute Bleivergiftung bei dem Zählebigen auszulösen, wird gering gewesen sein; vielleicht treffen die für einen Menschen gültigen Krankheitsbilder nicht einmal zu auf einen Siebenschläfer, der schon aus dem letzten Loch zu pfeifen beginnt. Erste Hilfe, die in solchen Fällen angeraten wird, wie Kitzeln des Schlundes, Milch, rohes Eiweiß oder eine gehörige Abführpille, dies alles ist hier im wahrsten Sinne des Wortes Notizbüchelchenweisheit; wer hätte auch meinem bleisiechen Grauen da im Blindgegänge einer technischen, vollkommenen Hölle den Schlund reizen sollen? Und woher rohes Eiweiß oder Milch hernehmen in einem solch tückisch verriegelten Schliefer? Lassen wir das, es könnte mir von manch unleidsamem Leser als Spott oder gar Hohn ausgelegt werden auf ein Tier, das seinem Erhaltungsdrange nicht anders Raum gegeben hat, als es der Mensch tut, wenn er auf seinen Urgrund zurücksinkt.

Die Kupferdrähte lagen bloß. In seinem Todeskampf verstrengte sich der letzte Rell derartig darin, daß sie sich berührten. Es entstand Kurzschluß, irgendwo klingelte es. Das war meines Helden ersterbender Rolandsruf.

Die Tessiner Telephonmänner, die nach dreizehn Jahren die Leitung wieder an das Netz anschließen sollten, konnten keine Verbindung mit

der Schalt-Station zustande bringen. Sie prüften alle Stränge im Haus, die Anschlüsse in allen Zimmern, doch sprang kein Fünkchen über, nichts knackte, kein Rolandsruf der Technik mehr erscholl. Das Netz war tot.

»Das Netz ist tot«, sagte mir der Vorarbeiter, »wir werden jetzt einen Detektor einsetzen, dann finden wir die defekte Stelle sofort.«

Tatsächlich zeigte das Wundergerät, mit dem man im Kriege Minen um ihre vaterländische Pflicht bringt, nach wenigen Minuten des Wünschelgangs die Stelle an, wo die Leitung unterbrochen war. Die Männer gruben auf, in meinem Beisein legten sie die Zoresröhre frei und entfernten die rostigen Briden. Mit Vorsicht hoben sie das Oberteil ab.

Es war erschütternd zu sehen, wie da der alte Rellratz mumifiziert im Gedrähte lag, umgeben vom ungebleichten Gebein der Seinigen, ein memento glis-glis, das ich Zeit meines Lebens nicht vergessen werde.

Die Telephonmänner freilich blieben unerschüttert, für sie war das Glis-Gebein eine technische Panne, die es zu beheben galt, nicht aber der Einblick in das Verborgene eines verschütteten Schlafs.

So war der Angriff der Zieselratzen auf die Rocca Vispa gescheitert am Geheimnis der Rocca selbst. Denn Rocca Vispa heißt, ich habe es schon angedeutet und auch irgendwo selbst genau gesagt, der sich regende, lebendige, rege oder belebte Fels. Die Geologen sprechen da vom Prinzip der Tektogenese. Eine nichtige Störung im Gelag der noch nicht völlig abgestorbenen Gesteins-Schicht hatte den Siebenschläfern den Rocca-Brocken vor das Loch geschoben, und geschehen war es um ihr winterfestes und auch sonst so schlaubensicheres Dasein.

Wenn solcherart der Luxusfels sich regt, sagt der Rocca-Vispa-Mensch in seiner geistigen Überheblichkeit, auf so ungeistiger Schmalspur: es spukt.

*

Da war also, um auf den Anfang zurückzugreifen, weil sonst die Gefahr besteht, daß ich mich triften lasse, zwar nicht ins Uferlose, doch gewiß einer Lände zu, die anzusteuern überhaupt nicht mein Vorhaben ist; da war also einmal ein Märchen, das von weit hergekommen, dessen Ursprung niemand kannte, weil er sich in das Grau der Vorzeit verlor, und das, dunkler Sage nach, zugleich mit der Welt auf die Welt gekommen sei, eine Welt, um deren Ursprung es just sich dreht.

Durch eine falsche Planung des Baumeisters, so heißt es weiter in der dichterisch urverwunschenen und verzwunzenen Geschichte, war diese Welt bald schon an den Rand des Abgrundes geraten; genauer gesagt, wer auf die schiefe Ebene geriet, war das Prunkstück dieser Schöpfung, die Spitzenleistung, der Mensch. Er war seinem Bildner aus der Hand geglitten, hatte sich Verstöße gegen des Urzauberers Allwissenheit und eine gewissermaßen gotthafte Vorsehung zuschulden kommen lassen, und aus dem Argen geriet er ins Ärgere. Für diese Zwangs-Taten mußte er gemaßregelt werden, in einem grauslichen Halsgericht. Wie Ratten wurde das Lebewesen Mensch, die Krone der Schöpfung Mensch im Eimer der Schöpfung ertränkt, und mit ihm die schuldlos verstrickte niedere Kreatur. Ausgenommen von der Verdammnis ward einzig jener Mann namens Noach, mitsamt seiner Sippe, und ausgenommen wurden von allen Tieren ein Paar oder deren sieben, je nach Reinheit oder Einsicht in das Reine, von Geschöpf zu Geschöpf.

So blieb die Buchmaus erhalten, wie alles Getier am Leben blieb in seiner Art, das seinen Odem auf dem Trockenen hatte; das schwimmfähige konnte sich aus eigener Kraft dem erniedrigenden

Strafgericht entziehen. Die Sünde wurde ins Wasser verwiesen, in das reinigende Element.

Jedes Einzelwesen mußte wieder von vorne anfangen, als es die Arche hinter sich gelassen, freilich gestützt auf ein Artgedächtnis und leidlich eingespieltes Liebeswissen, was vielen vieles und manchem alles erleichterte; wie auch der Mensch sich einer neuen Daseins-Aufgabe gegenüber sah, er, der über die Tiere gesetzt war, doch unter dem Wasserfloh stand, keiner Metamorphose fähig, wandelbar nur unter dem Zwang der übergeordneten Macht.

In munterer Zeugungstreue, in ununterbrochener Ahnenreihe geht es dann ziemlich rasch, in erdgeschichtlicher Zeit-Denkart gesehen allerdings schneckenlangsam oder gar wie zeitlos stockend bis hinauf in unsere Tage, bis an den kalendermäßig genau gesetzten Tag, wo wir, Beatrice und ich, unseren Einzug hielten in die Rocca Vispa. Kalendermäßig gesetzt: das klingt wie ein Hohn auf die Ewigkeit, und dennoch ist die historisch-christliche Bezeitung bedeutsam in der Mikro-Biologie unter der Käseglocke des eigenen kleinen Seins, – es war der 6. August 1954. Am Ende einer solchen gar kosmisch noch belasteten Entwicklungsreihe ohne Zweifel ein lächerlich unwichtiger Tag, wo doch die Tage nicht zu zählen sind und nicht zu errechnen die Geschlechterfolgen, selbst von den Elektronengehirnen nicht, die uns den immer stärker abhanden kommenden Weltsinn ersetzen wollen.

Ob zwischen den Lullmäusen in Noachs Arche und den Schläfelkunden auf der Rocca Vispa Millionen, Milliarden, unendlich viele oder nur an den Fingern abzuzählende Zeugmale liegen, tausend mal tausend Tage oder nur ein einziger Umlauf des Gestirns und ein einziges Erkennen, das ist ohne jegliche Bedeutung für alles, was ich hier berichte.

Doña Elita, die mexikanische Besitzerin des dem Bilchgeschick wie legendär verbundenen Felsgeweses, hatte mir den Schlüssel überreicht, womit ich zwar nicht der Herr, wohl aber der herrliche Bewohner, Einhüter und Diebsverbeller des verwunschenen Freisitzes geworden war. Das geschah gegen den fallenden Abend, sternzeitlich gesagt im Bemühen, noch ein Quentchen mehr aus unserer kärglichfilzigen Menschlingszeit hineinzunehmen in einen Bericht, auf den man das Lot von Raum und Zeit sowieso nicht fällen kann.

Doña Elita entfernte sich, mit ihrer hochbetagten Mutter flog sie auf das Hochplateau von Anahuac zurück. Wir blieben, Beatrice und ich, nicht Bett noch Stuhl unser eigen, doch viele tausend Kubikmeter Luxusbauhaus um uns; das flache Dach, auf dem ein Regiment, oder unser würdiger gesagt, ein Dutzend Gesangvereine hätten Aufstellung nehmen können, über uns als unser Dach über den noch ziemlich verwirrten Köpfen, – und wir hielten die erste Umschau.

Als ich auf die dem Eßzimmer vorgelagerte Terrasse hinaustrat und bedenklich ins Leere blickte, das von einer Baumwand umstellt war, wie das Nichts ja überhaupt einer der sich jagenden jüngsten Erkenntnissen zufolge seine Grenzen hat und zu aller Unerhörtheit obendrein krumm sein soll, – und immer noch betroffen von der raschen, grand-seigneurialen Abwicklung des an sich märchenhaften Unter-Dach-Gekommenseins: da fühlte ich Augen auf mich gerichtet. Im Märchen, von dem hier immer und einzig die Rede ist, würde es nun heißen: und eine Stimme sprach zu ihm. Aber nichts ertönte als ein leises Geraschel.

Die Spannung, das Bannende, kam von draußen, aus der Blätterwand, jenseits einer niederen Mauerwehr. Ein Baum stand dort, weißlich schimmerte der verborkte Stamm, eine Birke wohl, aber schon angeflogen von einer vorherbstlichen Müdigkeit, und die Myriaden Blätter schäfelten wie ein Wasserspiegel im leichten Wind.

Die Augen blieben auf mich gerichtet, sie ließen mich nicht.

Ich vermochte den Bann der Lichter nicht von mir zu tun.

Als ich sie dann sah, war es mir, als hätte ich sie gleich erblickt. So treten die ersten Sterne aus einer Himmelskuppel heraus, die noch unbestirnt zu sein scheint; wie auf den Plotz sind sie da.

Es waren die schwarzen Seher eines Siebenschläfers.

*

Wie jeder Fuß seinen Gegenfuß hat, ein Tausendfüßer dementsprechend tausend Antipoden, so wird auch jedem Ding sein

Widerpart zuteil, der schlimme Widergänger, das Wesen, das ihm feind ist und einzig seines Unterganges sinnt.

Man möge es an allem sehen: am Hammer, dessen Gegner die Zange ist, ausschließlich dazu geschaffen, alle Nägel wieder herauszuziehen, die er, oft unter Einsatz des Stiels, und manchmal funkensprühend, wo hineingetrieben hat. Quertreiber des Bleistifts ist das Geschriebene, woran er sich buchstäblich aufzehrt, und des Halses Feind der Strick, der ihm auflauert, falls auf ihm, dem Halse, ein übeltäterischer Kopf sitzt; oder der Kragen, der ihn scheuert, steht er, der Kragen, im Dienst eines Bürgermannes älteren Stils, der etwas auf sich hält, doch keinen Wachsstift bei der Hand hat, ihn ständig zu glätten, – o selige Zeit, wo nur der Kragen scheuerte.

Dergestalt ließe sich die gesamte Schöpfung aufgliedern in Freund und Feind, wobei es, übersieht man ein genügend weites Feld, zu wunderlichen Übertrumpfungen kommt, Bündnissen und Abtrünnigkeiten, was alles wieder darauf hinausläuft, daß es im Grunde genommen weder Freundschaft noch Feindschaft gibt, sondern einzig Stufen einer geschichtlichen Entwicklung, die uns angenehm oder unangenehm berühren kann, und sie kann unsere Haut reizen oder auch das Hirn kitzeln; dies alles, es braucht nicht eigens gesagt zu werden, vom höchsten Wimperge aus betrachtet, aus der Schau eines Vogels, den ein Sturm über die ihm arteigene Flughöhe hinausgeschleudert hat. Diese Perspektive ist freilich hier nicht die meinige, noch auch sehe ich's mit dem Glupauge des Froschwurms, dessen Weltbild mitten in einer Wandlung steht. Ich befinde mich den Dingen in Atemnähe gegenüber, so wie ich dem Gräuel auf drei Armlängen nahe gekommen war, als ich seine Lichter erblickte.

Und wer, frage ich, ist der Widergänger des Buches?

Totengräber des Buches kann einzig und allein das Gegenbuch sein, oder denn der unbuchmäßige Geist des Menschen, der ihm den Garaus machen will. Dazu bedient er sich, in den Häufzeiten der Barbarei, des Scheiterhaufens. Oder es tritt als Auszehrer des Buches der Bücherwurm auf, der ebenfalls auf jeden Geist pfeift und sich einzig an die Hadern hält, aus denen für ihn das Buch ausschließlich besteht.

Das Buch der Bücher, auf das sogar geschworen wird, Stab für Stab, hat, wie könnte es anders sein, auch seinen Feind, den man somit den Feind der Feinde nennen kann; es ist ein geschworener, abgesagter Feind, der ihm freilich nicht allzuviel anhaben kann, denn das Buch der Bücher lebt gewissermaßen im Zustande einer ewigen Selbstzeugung und Wiedergeburt; so wie es untergeht, taucht es wieder auf, die Überhydra schlechthin; macht man sie um einen Kopf kürzer, dann schießen sofort ein Dutzend oder mehr Köpfe aus dem Halssprung hervor. Seit es das Licht der Welt erblickte, hat es der Welt nicht einen Tag mehr gefehlt, immer war es vorhanden, am rechten Platz, am verfehlten, das bleibe dahingestellt; und nie als Ladenhüter hat es sein Dasein fristen müssen, – bis dann der Tag kam, wo sein Untergang beschlossene Sache war.

Solche Ausmerzung drohte dem Buche nicht vom Gegenbuch, nicht vom Scheiterhaufen der Unwisser und Hämlinge des Geistes, noch auch von der tothaft pochenden Holzmade, oder von sonstigen Termiten, die dem Geist in Tier- und Menschengestalt auflauern, wo immer er sich zeigt: es war Glis-Glis, die Buchmaus, die sich auf ihren Namen besann und im Namen dieses Namens beschloß, das Buch der Bücher vom Antlitz der Erde zu tilgen.

Wer hatte der zwar vom Geiste her benamsten und etymologisch ausgezeichneten, sonst aber völlig analphabetischen Schlummerlunze einen derartigen Floh ins Ohr gesetzt? Es gibt keine Antwort auf diese Frage, wissensdurstiger Leser, sei es denn einzig die eines Scharlatans, der dir ein X für ein U machen will. Die um eine Verhaltensforschung bemühte Biologie spricht in solchen Zusammenhängen gerne von archetypischen Wirkungen, und ich übernehme den schon leicht vom wissenschaftlichen Übermut abgegriffenen Begriff hier durchaus vergnügt, freilich mit der kleinen Einschränkung und großen Erweiterung, daß ich persönlich unter dem Archaischen nicht den Urgrund, das Urherrschende und Urvorvorige verstehe, dessen Prägung wir alle mit uns herumschleppen, sondern schlecht und recht die Arche Noachs, der jeder von uns seine weltgeschöpfliche Wiedergeburt aus bedrohtem Keim verdankt; nicht Mensch- noch Tierkinder Gottes, sondern Geschöpfe Noachs, des Archetypierten.

Mit einem Wort also, die Zischbillen waren dahinter gekommen, daß ihr Name in dem genannten Buch der Bücher nicht erwähnt wird; daß sie Seite für Seite totgeschwiegen werden, wie es übrigens Tausenden von anderen Tieren nicht anders am angeführten Ort widerfährt: das Märchenbuch kommt ohne sie aus, die Geschichten erfüllen sich ohne sie, will sagen, ohne daß ihrer besonders und namentlich gedacht werde.

Sie, die Schlafmausartigen, heißen also Buchmaus und werden keines Wortes für würdig befunden im Buch aller Bücher? Sind sie eine Null in der Weltgeschichte? Doch dann frage ich, im Namen der Buchmäuse alle: hat es nicht ganze Sekten gegeben, die um die Null herum ein schwindelerregendes System gebaut haben, die Nullibisten etwa? Und ist die Null in der Rechenkunst nicht ein aufregendes Zeichen, eine wunderlich umbuhlte Größe?

Nun überstürzen sich die Ereignisse. Geheime Weisungen werden erteilt an alle Buchmäuse der Welt, wie immer sie in aller Welt auch heißen mögen, Ätherschwingungen übermitteln sie, jede Relle fängt sie auf und deutet sie in dem, was wir notdürftigerweise immer noch mit Instinkt bezeichnen und worüber das letzte Wort uns zu sagen ewig versagt sein wird; das heißt, wir werden solche Zusammenhänge im Lochkartensystem der Natur nur ahnen können, nie aber den Schlüssel dazu finden, da wir mit zunehmendem Wissen den eigenen Urbildsinn verlochen, als gelte es, uns, glaubensverdammte Jünglinge, die wir sind, zu langem Starrschlaf einzuschließen in die düstere Schlaube des Vergessens. Die führenden Staatsmänner unserer Tage sehen längst nicht mehr weiter, als ein Wilder über das Wurfmaß seiner Lanze zu blicken vermag, und das in einer Zeit, wo die Wilden Weltgeschichte machen und die Sterne den Dichtern enteignet und ins irdische Grundbuch eingetragen werden. Was wir vorne gewinnen, stoßen wir hinten ab als Verlust, die unserem Jahrhundert gemäße Form der Säkularisation. Die Physiker sind Maulwürfe geworden, die zwar im Dunkeln ihren Engerling finden, aber blind sind für jegliches Geschehen unter der Sonne über ihrem Erdreich, die erbarmungslos in alle Winkel hineinleuchtet. Zur Schicksäligkeit des Menschen, der von Hause ein Einzelgänger ist, gesellt sich das Zusammenleben der Wissenschaft, die zu mächtigen Fachverbänden entartet, Rattenkönig und summende Bienentraube der Edelhirne, indessen um so mehr Gewinn abwirft, je unpersönlicher, das heißt unmenschlicher sie wird. Da bleiben wir doch lieber bei der unterentwickelten Buchmaus.

Sie wurde empfänglich für den Reiz, der vom Buch der Bücher ausging; nicht daß es im Sinne einer Seelenspeise über sie gekommen sei, dieses magische Strahlen, doch schlechthin als Eichel offenbarte er sich ihr, als Vogelei, Maikäfer, zumal wenn er »zählt« und dann leicht erwischt werden kann, oder gar als Buchecker, der ihr Schicksal sowieso verhaftet ist; Leckerbissen, mit einem Wort, wie die Jahreszeit sie jeweils bieten mag. Jetzt bietet die Weile dem Bilich das Märchenbuch, ihm gilt fürder sein nahrloser Nagetrieb.

Wie in den Rottungszeiten des Heuschrecks, der Lemminge und des Prozessions-Spinners; denen der Diktatoren mit ihrem farbhemdigen blinden Troß, so treten plötzlich, wie aus der Erde geworfen, die Zismäuse zu Millionen auf, allerorts, selbst in Strichen, wo sie seit den Tagen ihrer Errettung aus Sündenersäufnis nie hatten Fuß fassen können. Hatten sich ihrer einige mit Vorräten in den Winterlagern eingebaut, so kamen Tausende aus den Luren heraus, als die Zeit des goldenen Schlafs verstrichen war. Haben sie sich in der starren Rast vermehrt? Das wäre nicht ausgeschlossen, gibt es doch Mythen, die von derartigen Schoß- und Sproßwundern berichten. Zudem kennen wir vom Vorgang des Lebendigen so gut wie nichts, wir tasten an der Fontanelle, doch wenn die Schale sich geschlossen hat, sind auch wir am Ende angelangt. Hier sei nur hervorgehoben, daß auf der Welt über Nacht mehr Rellratzen aus dem Bodenlosen gekrochen waren, als Bücher der Bücher auf den Planken standen. Darf ich mich auf Schätzungen einlassen, so kam auf je ein solches Buch sicher ein Großhundert der Buchmäuse, und jeder dieser wie aus dem Nichts gespienen Gräuel hatte nur eine Aufgabe zu erfüllen: die verhängnisvolle Schrift unter den Zahn zu nehmen, doch keineswegs als Wetzstein oder zur Magenlabe; sie müsse bis auf die letzte Silbe aufgefressen werden, ohne Rücksicht auf Übersättigung und Ekel am Wort.

Das ist der Stand der Geschehnisse um die Zeit, die sich ohnschattig deckt mit dieser Zeile.

Noch waren die Menschen der wunderbaren Bilchvermehrung nicht eigentlich inne geworden, als Millionen Buchbücher schon den Schneidezähnen der buchgeilen Zeiselrazzen verfallen waren.

Zuerst dachte jedermann an das, woran man in Fällen solcher Zerstörung denkt, nämlich an den Zahn der Zeit, dem ja ähnliche Aufgaben zufallen, wie sie an das Nagergebiß von der Natur gestellt werden; und auch dieses wird, alswie die Zeit selbst, von einem winzigen Gehirn gelenkt. Wer hat nicht schon ein nie oder selten befragtes Buch aus dem Gestell nehmen wollen, und es ist dir wie Zunder unter der Hand vergangen. In diesem Falle kann man zweierlei tun, entweder den Verlust des Werkes bedauern, dieweil man den symbolischen Mulm zusammenfegt, und man schafft es sich wieder neu an; oder man mag nachgrübeln über den Staub alles irdischen Gutes überhaupt, in sich gehen, eindächtig der Möglichkeiten, die man selbst als lebengeschwellter Zunder mit dem sporenzeugenden Geist dem Zahn zu bieten hat. Es sind äußerst fruchtbare Augenblicke, derlei Begegnungen mit der erdenklößigen Ohnmacht, die den Weg in die Ewigkeit ebnen sollen. Leben von diesem molmigen Stoff nicht ungezählte Religionen und Jenseits-Kulte? Freilich sind dem gemeinen Menschen solcher Mutungen nur wenige beschieden, denn auch in einer großen Bibliothek, wie viele Schriftsteller und sonstige Büchernarren sie besitzen, kommt es höchst selten zu der fraglichen Staubwerdung. Mir, ich gestehe es offen, der ich viele tausend Bücher mein eigen nenne, ist nie ein Buch auf so stäubende Weise zum Zeichen der Vergänglichkeit geworden; aus dem Leim gegangen, das schon, viele sind es mir, doch ist solchem Übel aller Büchereien mit dem gleichen Leim wieder beizukommen.

Es währte eine geraume Zeit, dann wurden die Menschen stutzig. Einwandfrei stellten sie fest, daß der Zahn es immer nur auf ein bestimmtes Buch gemünzt hatte, nämlich auf unser Buch aller Bücher. Diese anderen Bücher, sie alle blieben unversehrt. Der Zahn der Zeit ist aber sehr demokratisch; genau wie der Tod kennt er keine Klassen, weder arm noch reich. Er unterscheidet nicht zwischen dem guten und dem bösen Erdenkloß. Fraktur und Antiqua sind ihm ein und derselbe Drucksatz. Wohl erlaubt er sich kleine Argwilligkeiten und Spielverderbereien, indem er den einen Menschling älter werden läßt als den anderen; des einen Untergang läßt er sich rascher vollziehen als die Austilgung einer anderen Seele; aber daran glauben, wie das im Volksmunde so verschlagen todverheißend lautet, das müssen sie alle.

Es hatte den Anschein, als handele es sich hier um einen besonders wählerischen und entsprechend wählenden Zahn, um einen, der in der Frondienstbarkeit eines bislang nie gekannten oder nicht beachteten Gaumenkitzels stehe, Werkzeug einer Vernichtungs-Psychose, das im Besteck der großen Gesetzmäßigkeit alles Ewigen ein Scheinrecht, eine Bevorzugung plane, Glückspilzerei und Prügelknabentum in einer einzigen Spielform. Man hätte fast schon von einer Mutation im biologischen Felde sprechen können; da entwickeln sich neue Anlagen, die alte Gattung steht vor dem Aussterben; ein frisches Geblüt kommt auf, dessen Genotypus die Gelehrten freilich noch nicht unter die Lupe bekommen haben. So ein Zahn war das.

Allerorten löste es Entsetzen aus, als ruchbar wurde, worauf dieser Zahn es dann abgezielt habe, und auch den von solchen Verhängnissen unberührt in den Tag Hineinlebenden war alles ersichtlich. In erster Linie natürlich den Nachtschwärmern, den Dichtern, den Wirtshauslungerern; den Liebenden in der Phase der verbotenen Erkennung unterm Strauch; oder sei es schlechtweg den Nachtwächtern von Beruf. Ich sage, es ward offenkundig, so sehr die Nacht es auch verhüllen mochte, daß der Zahn gar nichts zu machen hatte mit der Zeit; daß er ihr nicht zugehörte noch auch ihr hörig war, sondern er stammte aus dem Reich der Tiere, genau gesagt gehörte er der Ordnung der Nager an, und innerhalb dieser Klasse zur Familie der Schlafmausartigen, auch Bilche genannt, Rolle und Ratz, – wir kennen die tausend Namen bis hinauf zum Glis der Römer: er steckte im Gebiß meiner siebenschlafenden Buchmaus, mit dem letzten erlösenden Wort gesagt.

Erlösend? Vielleicht hier, im beschaulich erörternden Bericht über solch sagenhaft erscheinendes Geschehen. Die Wirklichkeit sah anders aus.

*

Ist ein Ding oder ein Wesen, das Feinde hat, über den ganzen Erdball verbreitet, so bleibt dem Feinde nichts anderes übrig, als den ganzen Erdball zu überziehen, will er seinem Vernichtungstrieb wider dieses Wesen, dieses Ding gehorchen.

So geschah es, daß die Buchmaus alle Bücher Lügen strafte, die sich mit ihrer persönlichen Zoologie befassen. In der Abfolge einer einzigen Generation war die Schlummerlunze ein Welt-Tier geworden, das auftauchte im Schneekobel des Eskimos, in der Palmhütte des Kaffers, in des frommen Polarforschers Kanisterverschlag, im Plüschsalon der christmilden Dame oder auf dem Tisch des entsprechenden Kränzchens; in der Gondel des Luftschiffers, neben dem Teleskop des Tauchboots, in der Jurte des postillengläubig gewordenen Jakuten, – wo immer das Buch der Bücher war oder hin verschlagen ward, dahin verschlug es den Rell, – er kam, nagte und verschwand.

Die Menschheit schützte sich. Man erfand neue Fallen, legte sinnreiche Schlingen aus, Speiszeistherde wurden angelegt; man strich Klebstoffe auf Brettchen, fing das Graue lebendig, tötete es nach grausamer Satzung wie die Ratte im Eimer, balgte es aus und sandte den Mageninhalt an die zoologischen Institute, die bald derart überbilcht waren, daß immer neue glirarische Abteilungen ihren Anstalten angegliedert werden mußten. Die Analysen lauteten indessen stets gleich, über den ganzen Erdkreis, daß es wie ein Codewort anmutete: Buchbücherspeisebrei.

Zu Tausenden wanderten diese ebenso kurzen wie hochgelehrten Bescheide in Haus und Hütte, in Zelle, Iglu oder Kombüse der Bedrängten. Ja, man ließ Vordrucke anfertigen, die die Umfragen erleichterten. Der Weltpostverein räumte Porto-Ermäßigung ein, wie sie bei Wurfsendungen oder Blindenschrift gewährt wird, und besondere Geißelmarken kamen auf und erhöhten die Sammlerfreude trotz des bitterbösen Anlasses, denn das Leid des einen ist, wie oft nicht oder wohl immer, Freude und Brot des lieben Nächsten. Der Tierschutzverein zeigte menschliche Regungen und drückte ein Auge zu, während etliche dem Buch der Bücher besonders ergebene Länder dazu übergingen, Glis-Münzen zu schlagen; und wo die Heimsuchung namenlos war, wurden eigens Schrotbillgebete gedichtet von frommen Barden, denen der Herr es im Schlafe einsagte. Prozessionen zogen um außerhalb des kirchlichen Kalenders, wie sonst nur bei Pest und Erntedank, Dürre, Wassers- oder Atomnot es zu geschehen pflegt. Sündlose Buchbücherstündler schwenkten, auf Kreuze gespießt, entseelte Gräuel, und gilfzten, zum Himmel gerichtet, den Stoßpfiff des Glis.

Wer die Möglichkeit hatte, sein Buch-Buch in nagefeste Köcher zu verwahren, rettete es vor dem Zahn, mußte dann aber selber die Flucht ergreifen vor dem Zug der bißwütigen Zeisrazzen, die dem Erbfeinde auflauerten, einzig darauf bedacht, ihn um jeden Preis zu übermögen. Das führte zu schweren seelischen Störungen bei den Verfemten, so daß die Ärzte sich keinen anderen Rat mehr wußten als den Neurotikern zu sagen: Schmeißt dem Schmeißgesippe das gottverfluchte Buch hin, es wiegt eure Verirrung nicht auf. Wollt ihr den Frieden, opfert das Buch.

So opferte man vielorts das Buch.

Vertilgungsmittel, von den chemischen Mammutwerken auf den Markt geworfen, mit seitenlangen Formeln und jeweils nur echt mit dem Warenzeichen, worunter sich jene Firmen besondere Verdienste und sogar einen Nobelpreis erwarben, die unter dem Menetekel der kriegerischen Armbrust ihren Handel trieben, – sie alle nutzten nichts. Es verreckte ein Bilch, zehn, hundert, Tausende kamen ums Leben, und schon war die Sippschaft gefeit gegen die

Prise Gift; wer sie noch auslegte, brachte den Feind nur um so sicherer auf die Fährte der in Acht und Aberacht erklärten Literatur.

Drucker arbeiteten fieberhaft, im Auftrage selbst von Verlegern, die im Buchbuch gemeinhin nur fromme Kolportage erblickten, für die sie ihr Signum nie geliehen hätten; doch erheischte der Markt und seine Stunde ihren Einsatz. In Massenauflagen, als Rotations-Druck, in augentötender Letter und auf saugendem Papier ward die Schrift in der Menge hergestellt, in der sie vernichtet wurde, und über die Menschheit ausgestreut, ein Geworfel wie der Aschenregen beim Ausbruch eines Vulkans.

Indessen, der gewitzte Zahn hielt dem allem stand, er ging gleichen Schrittes mit den Machern, er nagte und mehrte sich. Kammerjäger, in Scharen eingesetzt, kamen aus dem Heulen der Verzweiflung nicht heraus, noch weniger, freilich, aus dem Verdienst. Doch auch er, mein Schrattratz, ließ seinen Schrei erschallen, er gilferte durch die Nacht; wer atemlos horchte, vernahm sogar das Gefletsch der Zähne. Schwangere versahen sich und wölften Monster.

Da niemand auf den Gedanken kam, weil es der Zeit nicht entsprach, das Buch aller Bücher in Tontafeln zu ritzen und diese zu brennen, oder, im Paulinischen Sinne, alles auf die fleischernen Tafeln des Herzens zu schreiben, wo das ja versteint war und verwirkt in den kenternden Bilgen der selben Zeit, so war die Drangsal groß, die mit giftiger Zwingnis die Bücherwelt geißelte, – und alles einzig, weil im Buch-Buch der Name Buchmaus nicht vorkam?

Konkordanz-Kommissionen wurden gewählt, deren ausschließende Aufgabe es war, den verborgenen Sinn der betreffenden Schrift neu zu ergründen. Es gelang den Gelehrten auch, uralt überlieferte Übersetzungsfehler ans Licht zu fördern, die ihrerseits wieder Unheil stifteten, allein auf andere Art, indem sie nämlich ganze Glaubenslehren, die sich auf das Überbuch beriefen, kurzweg in Frage stellten, ja sie ins Nichts verwarfen. Das führte zum Untergang vieler Kirchen. Anstelligere traten an ihre Stelle, fegten gut, wie jeder neue Besen, doch brachte es keiner ihrer bücherweisen Forscher zuwege, des Zieseltiers mit seinen weitverzeigten Synonymen findig zu werden im Text aller Texte. Nirgend war es steckengeblieben, nicht einmal zwischen den Zeilen, wo gerade all das Verborgene steht, dem das Buch Zauber und Zählebigkeit verdankt.

Gelächter erfüllte den Erdkreis, wenn ein falscher Prophet mit einer untergeschobenen Lesart entlarvt wurde, oder man in einem Palimpsest unter dem Mikroskop das Federmesserchen aus Nirosta nachweisen konnte. Als dann Schriftrollen an einem toten Meer gefunden wurden, atmete die gegeißelte Büchermenschheit auf: darin werde der Herr des Märchens auch als Philologe sich offenbaren.

Neue Gelehrte mit neuen Arbeitsweisen und kriegsfesten Disziplinen, die alle schon durch die Blutschule völkervernichtender Gewerbe gegangen waren, machten sich ans Werk, dieweil der Graue weiter nagte. Viel verschüttetes Denk- und Glaubensgut legten die emsigen Schriftgelehrten frei, keiner aber entdeckte auch nur ein Achel vom Pelz des begehrten Schläfers. Niemand, der den Zorn des Stammes Glis hätte zäumen können mit einem philologischen Griff, und sei es ein Hilpersgriff gewesen: Hier, ich hab's, über tausend Entstellungen hinweg bin ich auf den Übersetzungsfehler gestoßen. Der Klippdachs nämlich ist ein solcher Fehltritt der tierfremden Theologie; gemeint ist mit ihm die Buchmaus, Glis-Glis, der Leckerbissen im alten Rom, heute die Geißel der ganzen Welt.

Wie aufregend die Rollen immer für die Fachwelt eines Wortes waren, das an sich selbst zugrunde zu gehen drohte, sie änderten nicht ein Jota am Wort der Siebenschläfer, das unter sie ergangen war: Tod dem Buch der Bücher.

Die Menschheit, vom Schreckgespenst der Kernspaltung gejagt, vergaß die Spaltung dieser ihr völlig rätselhaften Kerne und wandte sich mit ahndig banger Aufmerksamkeit dem weitaus rätselhafteren Treiben der Buchmäuse zu.

Am Atom hat kein Einmensch einen festen Halt, niemand weiß, was das für ein Ding ist, und nur mehrere Gelehrte zusammen, mit Hilfe ihres siamesischen Dutzend-Hirns, vermögen darüber eine einigermaßen annehmbare Auslassung zusammen zu doktern. Den Siebenschläfer indessen, den auch nur wenige Menschen von Angesicht zu Angesicht kennen, den kann man mit Leichtigkeit unterbringen, er gehört einem uns vertrauten Reiche an; jeder Bürger mit einem gesunden Menschenverstand kann sich über dieses Nagetier Aufklärung verschaffen, kann es »kapieren«, ohne daß ihm der betreffende Schädel raucht. Doch was er trieb, dieser unersättlich speisende Zeist, das hinwieder gehört ins Reich des Unerhörten. Und er trieb es weiter, mein buchgeiler Zeiselratz, er setzte das Ketzergericht fort, zu dessen Großinquisitor er sich aufgeworfen hatte. Sattsam auf die Fährte des heiligen Freiwilds benossen gemacht, stellte er ihm verbissen nach, dem fluchbelasteten Buche. Es nagte sein Zahn, es mulmte das Mehl aus bedrucktem Papier.

Alles vollzog sich wie in einem böswilligen Traum, der mit den geborgten Mitteln der Wirklichkeit etwas gegen eine Unwirklichkeit durchsetzen will, die der Träumende doch für das schier Wirkliche nimmt.

*

In unserer Wohnfeste Rocca Vispa vollzogen sich die Ereignisse nicht anders als an anderen Orten der Welt, wo der Stein des Anstoßes, wortgeworden, auf dem Bord stand, auf einem Studiertisch lag oder in einer Tasche steckte.

Aus dem Abendbilch, der mich mit seinem Basedowblick in den Bann gezogen hatte, waren ihrer viele geworden; in wie unübersehbaren Triften umfluteten sie den Fels, ihre Schreie belferten durch die Nacht, ihre Schatten schwankten von Ast zu Ast, von Tür zu Tür, sie hangelten geschlanken Leibs an Fenstersimsen, auf die sie sich an Lianen aus vielen Leibern geworfen hatten, mit gefletschten Zähnen, die Rute aufgereckt, daß sie wie der Kriegsschmuck eines Wilden bannend zwischen den racken Lauschern stand. Die Stammeswut schien jedem einzelnen Gräueltier ein kriegstüchtiges Aussehen verliehen zu haben, wie das bei Menschen nicht anders ist, wenn sie sich ihrer Persönlichkeit begeben und als Volk oder Nation zu den Waffen greifen.

Kein Käse, noch Buchweizenmehl, nicht einmal hartgesottene Eier und Haselbrot, was alles den Nagern reichlich aufgetischt wurde im Vogel-Futterhaus, nichts konnte die Geilen abbringen von ihrem Auftrag, uns zu belagern. Doch vermochte ich mich ihrer mittels eines Zaubers zu erwehren, der mir selbst nicht recht zu Bewußtsein kam; er muß als Mana von mir ausgegangen sein und sich dem Fels mitgeteilt haben, so wie der Mensch der Steinzeit dem Steinbeil eine Seele einhauchte; und vom Gefelse sprang das Unsägliche über auf die Schläfer, die eine mystisch gesiegelte Zahl im Besteck ihres Namens führen.

Sieben der Schöpfungstage, sieben der Todsünden, und der Tugenden sieben Stück; ebenso viele Weltwunder und sieben der Weisen der Welt; sieben Siegel verschließen das Schicksalsbuch; sieben Jahre auch, die Jaakob diente um Rahel, und der Monate sieben für den fehlgezeitigten Menschling, der, im achten Monat ausgetragen, sterben würde, – um nur einige der unheimlichen Zusammenhänge der Siebenzahl zu nennen.

So gelang es denn auch dem gottsträflichen Siebenvieh, trotz Mana und Hexenfaxen, in den Keller meiner Rocca einzudringen; und ich, wieder einmal auf der Suche nach einem vom Erbauer des Hauses im Felsgewölbe versteckten Wein, betraf eine der feistwampigsten Zeismäuse dabei, wie sie sich hurtig an den Hürden hinaufturnte. Sie wandte sich kopfüber und stand still.

Starr gläserten die Kugelglotzen mir entgegen, unter dem herabfallenden Schweif, dessen Grannen den Blick wie umflort erscheinen ließen. Ich verlor die Fassung, oder sei es, daß ich sie erst recht gewann: denn ich schleuderte einen Pickelhammer, den ich des Stöberns wegen bei mir hatte, gegen die unsättige Gräuelratze, die Kellerscheuche einer Apokalypse, das kielkröpfig-scheusälige Untier meines Hexenspuks. Und da ich zu allem Unglück auch noch rechtshändig bin, ging der Wurf natürlich fehl und zerschmetterte zwei von den sieben Flaschen, die dort als mein eigen in der feuchten Kühle schönen sollten.

Die Scherben klirrten, Splitter flogen, der Wein lief aus.

Die Buchmaus pfiff, sie sprang mich an, der Schweif wischte mir über die Augen. Ich schrie.

Wie ich aufwachte, saß der Inkubus noch auf meiner Brust und schnürte mir den Atem ab.

Deutlich sah ich ihn, mit brennenden Augen. Die Augen waren indessen geschlossen. So träumte ich noch in den vorhellen Bereich hinein? Ich befand mich im Windfang des Wachen, in jenem Zwischengemach, durch das wir in den Tag entlassen werden. Als ich das erkannte, machte ich die Augen auf. Es war schon grauender Morgen, Vögel schlugen die ersten Töne an, deutlich unterschied ich die feine Strophe meines Rotkehlchens.

In Schweiß gebadet war ich nicht, doch ging mir der Atem pfeifend, hart, mir selber ungewohnt. Der Kopf war wie in eine Kluppe gepreßt, die Augenschlechten brannten. Sonstan war ich hell bei Sinnen.

Der Inkubus also, das ist doch der Alp, der nächtliche Unhold, der uns reitet, im Zwerchfell den Krampf erzeugt, daß wir keuchen müssen wie kökendes Vieh, so dachte ich, und wie schreibt er sich nun eigentlich, dieser Nachtdrud, mit b oder mit einem p? Das war wie auf den Schlag ein neuer Albdruck, dem schleunigst der Garaus gespielt werden mußte.

Ich sprang aus dem Bett und lief in mein Arbeitszimmer. Der Duden, diese gräßliche Wannmühle der deutschen Rechtschreibung, der abgesagte Feind des Buches, Erzpedant jeder Zeile, die nach ihm gemessen sein will, er sollte mir Auskunft geben, obschon bessere Werke über solche Schulfuchsereien zu Dutzenden mir aufwarten; diesen niederen Dienst mochte Geheimrat Dr. Duden mir indessen noch erweisen; nachher schreibe ich meinen Alp doch wie ich will.

Ich fuhr zusammen, als ich meine Hand nach dem dunkelgrünen Buch ausstreckte. Rechts neben ihm war die Lücke, dort, wo immer, in einer mir selbst unerklärlichen Tateinheit und Mannentreue des Worts, seit Jahrzehnten schon und auf allen meinen Planken, in allen Ländern meiner Heimatlosigkeit, das Buch der Bücher zu stehen pflegte.

Es war nicht mehr vorhanden. Statt seiner lag ein Häufchen Mulm da, eine Art Holzmehl, wie aus einer Sanduhr hingerieselt.

DUDEN
D12

Noch am selben Tage beschied ich den Schreiner zu uns. Er stieß einen Meißel ins Holz der Gestelle, die eingebaut sind, in die Leibungen der Fenster, die Türpfosten, in alle Simse, – wir machten die Runde durch das ganze Haus. Nirgend fand sein Werkzeug einen beachtlichen Widerstand.

»Holzwurm«, sagte er kurz, »alles muß herausgerissen und sofort verbrannt werden, sonst ist das ganze Haus gefährdet, vor allem die Möbel. Dabei ist der Bau nicht einmal so alt. Ich stand bei meinem Vater selig in der Lehre, als man die Kuppe des Felsens abtrug und diesen Kasten darauf setzte.«

»Also Totenwurm? Meister, holen Sie dann Ihre Gesellen und reißen Sie alles weg, was nicht eisenhart ist, doch schälen Sie mir solch ein Biest lebendig aus seiner Splintwiege heraus, für meine Sammlung, und als greifbaren Beweis für die Besitzerin, die ich heute noch von dem Mißgeschick benachrichtigen will, das mein Buch und ihr Anwesen betroffen hat, über Nacht gleichsam, und als sei alles nur ein garstiger Traum.«

Es war auch wie ein böswilliger Traum, dieser weißlich geringelte fette Totenwurm mit der hämischen schwarzbraunen Freßmaske, der, von uns allen unbemerkt, seit Jahren gebohrt und gebohrt hatte für sein Leben und das Leben seiner Art, ein Leben lang. Wandschmied und auch Erdschmiedlein heißt er im Munde des abergläubischen Volkes, doch lief der Schaden hoch in die Tausend, wie immer, wenn der Tod seine Hand im Spiele hat.

Ascona · Casa Rocca Vispa
1. Mai 1959

Briefe des Autors an W. Georg Olms

– Eine Auswahl –

Thelen bei der Dichterlesung am 9. November 1966 im Olms Verlag.
v. l. : A. V. Thelen, W. Georg Olms, Beatrice Thelen

Im Anschluß an die Lesung: Thelen, Edith und W. Georg Olms

Vorwort

Der große Autor der „Insel des zweiten Gesichts“ und des „Bahßetup“ hatte nicht immer das beste Verhältnis zu den Verlegern. Er sagte mir einmal, sowie er das Gefühl habe, für einen Verleger mitschreiben zu müssen, sträube sich alles in ihm; das stelle sich schon ein, wenn er nur Kohlepapier und Durchschlag in die Schreibmaschine einspanne.

So waren die Voraussetzungen für einen guten Kontakt zwischen uns denkbar schlecht. Ihm dennoch ein guter Freund geworden zu sein, empfand ich als eine besondere Auszeichnung. Beatrice und Vigoleis haben uns – meiner Frau und mir – anläßlich eines kleinen Festschmauses „Glis-Glis“ zum Geschenk gemacht. Wir sind noch heute ebenso glücklich darüber, wie über die langjährige Korrespondenz. Aus der Vielzahl der Briefe, allein 29 beziehen sich unter anderem auch auf „Glis-Glis“, habe ich einige ausgewählt, die bestätigen, was Jürgen Pütz, der unermüdliche Kämpfer für eine Thelen-Renaissance, so treffend formulierte „Thelen hat immer behauptet, seine ‚eigentliche‘ Literatur finde in seinen Briefen statt“, und „Thelen ist Weltliteratur von übermorgen“.

W. Georg Olms
Hildesheim, im September 2001

Liste der abgedruckten Briefe. Sie wurden gegenüber dem Original erheblich verkleinert.

Albert Vigoleis Thelen
BLONAY s/VEVEY
Campagne La Colline
Ø (021) 53 15 85

2 – 3 – 67

Morgen, lieber Freund Olms, kaufe ich in Vevey 2 dicke Pappdeckel, und dann schicke ich Ihnen eine Litographie, Abzug № 1, des schw. Meisters Fritz Pauli, den Glis darstellend.

Gez. Pauli, – unten die
Widmung

Glito 1958
A. Vigoleis Thelen zum
Dank für die Glis-Glis!

Echter Tessiner Bilch,
Pauli lebt in Caviglia
fast blind. Er stellt 40,
die Lit. zur Verfügung.

Das Erschrecken der
Damen im Verlag gibt

mir zu denken, na-
türlich ist Kubin
schlimmer, - sehen
Sie, mit Ihren Mit-
arbeitern selbst, was
für die Edition am
besten ist, - Schwangere
versahen sich und wöl-
ften
Monster.

Ich nehme das
Bild aus dem

Rahmen und über-
lasse es Ihrer Sorg-
falt. - Schreiben
Sie nur, wenn etw
as
wichtiges vorfällt,
ich über-sehe alle
Schreibnöte der Wel
t.
Der Irrenarzt hat
mich noch in seiner
Klüppe: darüber bald

mehr, – es ist vielen
einfach unbegreif-
lich, daß man einem
Autor so etwas
zumutet, u. der
dt. Botschafter in
Genf fragte gleich:
Ist das schon die
Aera Kiesinger. – In
Genf las Walser,

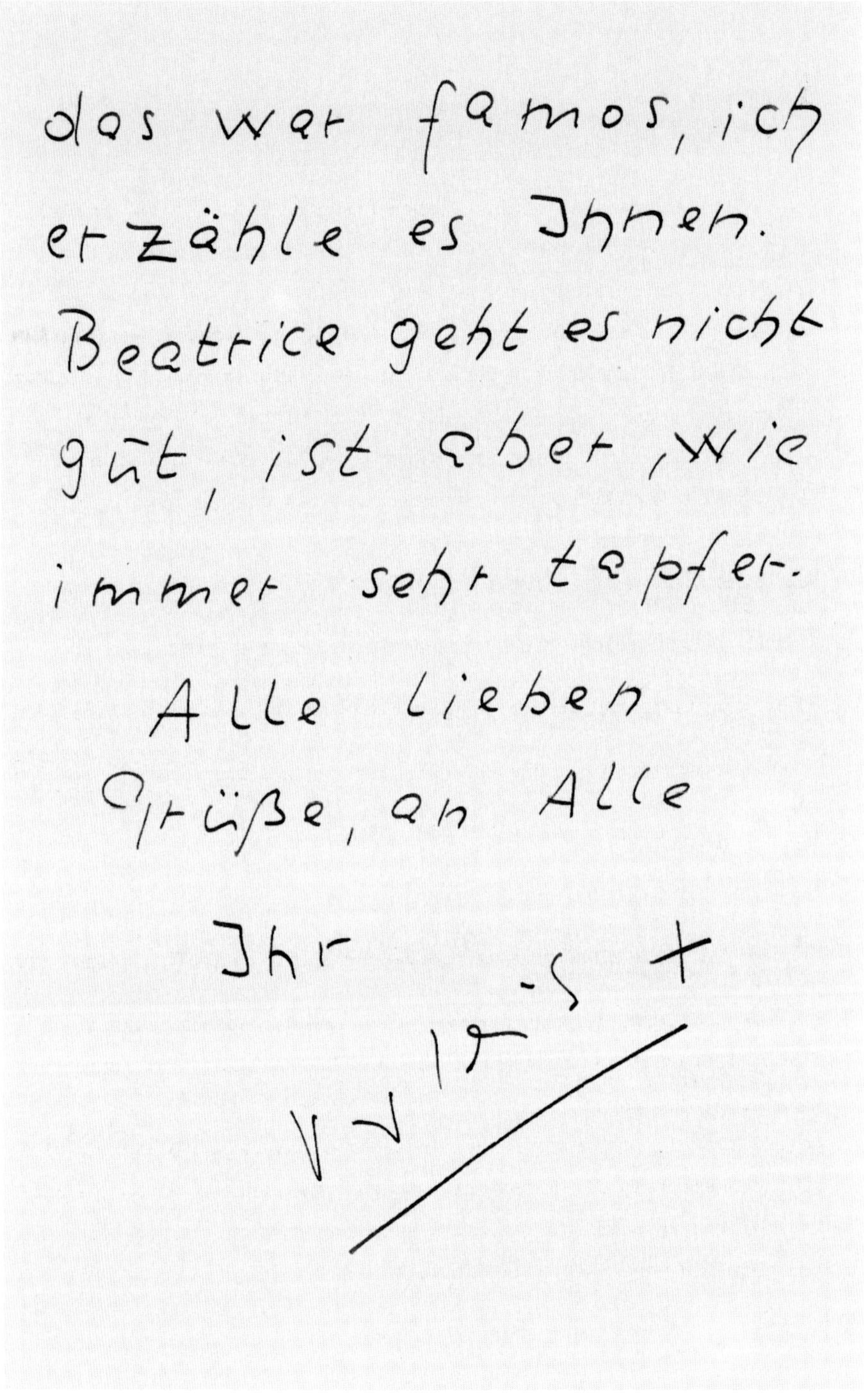

das war famos, ich
erzähle es Ihnen.
Beatrice geht es nicht
gut, ist aber, wie
immer sehr tapfer.
Alle lieben
Grüße, an Alle
Ihr
[illegible] +

LA COLLINE . 22 . 3 . 1967

der bilch von meister pauli, lieber freund olms, ist ohne zweifel so sanft, daß weder mensch noch tier seine frucht verwirft. Ihre damen also,ohne befahren zu müssen, daß an ihnen sich das wort meines gnosticums erfülle, in alle umstände kommen können, wie die [redacted] zeit sie mit sich bringt. übrigens gedenkt man am grünen donnerstag , den wir heute ja schreiben, der siebenschläfer, die sogar als schutzheilige für fieberkranke gelten, weil sie so feste f drauf los hungern können, - aber meine mumie hat es doch nicht fertig gebracht, sich ein irdisch-ewiges leben in ihrer lure zu sichern. die todesursache ist mir nicht bekannt, herr etzler kann das aber leicht an hand seiner bibliothek feststellen, ein griff, und er zieht ein jurisprudenticum heraus: über der rellratzen sterbensarten , unter besonderer berücksichtigung der abergläubischen rechtsgewohnheiten und teutschen gottesurtheile. [redacted] diss. o.J.

*

später. ich habe eben eine neue IBM-maschine in auftrag gegeben, mit größeren lettern, lo pixx pitsch, und einen besonderen zeilenabstand. lieferzeit 3 monate. mit der hand zu schreiben, das wird fürx pox, wegen des portos, zu texxex teuer. so um die zeit herum, wo ich selber wie ein roll mumifiziert in einer schachtel aufbewahrt werde, gixt gibt es apparate, die einen brief mikrofilmen,und wie eine briefmarke kann man das verschicken. zwischenlösungen sind überhaupt schon da, aber sie sind noch mangelhaft.

*

martin walser: wir waren, also, wieder eine woche gast beim gene-
ralkonsul botschafter dr. von keller in genf, d. h. er lebt auf der
anderen seite vom see, - seine frau, baltischer uradel, vertrieben,
hat sich ihr brot als buchhändlerin verdient, so daß sie sich aus-
kennt. sie stellen, wie Sie, das andere deutschland dar, schütteln
über kiesinger den kopf, doch nehmen sie ihn hin wie die ganze welt
ihn akzeptiert, und harpprecht im monat jetzt sogar sich bemüßigt
sieht, eine mehr als peinliche apologie über den mann zu schreiben,
der doch eigentlich den rest seiner tage mit einer kxg kugel am
bein im ergastulum verbringen müßte. in einem aufwaschen wird auch
dem 3. reich der segen erteilt - so gehts, wenn eine anständige
zeitschrift von einem nicht mehr! anständigen verlag herausgegeben wird.
doch zu walser. des tages zuvor war die iphigenie-aufführung in
genf, schiller-theater berlin. nachher großer empfang mit den fein-
sten leuten, doch fehlte diesmal die uralte fürstin zu hohenlohe
schillingsfürst mit ihrem prinzlichen sohn franz, der als homosexu-
elller der liebling aller frauen genfs ist, während dixx der mutter
busen, fast bis zum nabel entblößt, [redacted] die schauerlichsten ver-
werfungen zeigt, wie ein kaxx karstgebirge, denn sie hat nicht mehr
die geschmeide, die falten schimmernd auszulegen, - eine kleine
kette, aber was ist das schon bei einen halben quadratmeter
gewesenem fürstenfleisch. und da lernte ich dann auch den ordinarius
für dt. lit. kennen, der mir sagte, walser lese am anderen tag.
wir unterhielten uns länger; er hätte den lehrstuhl von muschg in
basel besetzen sollen, aber, berner, genf vorgezogen. unter seinen
schülern seien viele, die auch xxxxxxxx schreiben, und er ermuntere
sie. ich: für einen prof. der lit. immerhin ein wagnis, wenige ris-
kieren das. dann fielen die empfangs-herrschaften über das schiller-
theater her, man nörgelte an den jamben herum, an der weltfremdheit
des bühnenbildes - das grandios war! - der prof. , böschenstein,

und andere fanden es zu "klassisch" , zu steif, iphigenie zu getüncht und viel des unsinns mehr, worauf ich zum angriff überging, von der frau des Botschafters unterstützt: kinder, was wollt ihr den eigentlich? wenn die eumeniden, die das dt. volk jagen, kiesinger heißen, oder schröder, oder mende, freuen wir uns dann, daß die berliner mit goethe kommen, und morgen kommt walser. daraufhin trennte man sich.

walser las im athenäum, in einem saal, der 100 jahre alt ist und sich viel hat anhören müssen. von keller, eine freundin seiner frau, gast im hause, und ich fuhren hin. keller saß in der 2. reihe, mitteltrakt; ich hatte mich mit der dame links vorne gesetzt, zum prof., aber so, daß ich, ein wenig rückwärts geneigt, den saal, der voll war , übersehen konnte.

als walser mit seinem buch den gang hinunterschritt und mich erblickte, wurde er lebhaft, wir umarmten uns vor dem publikum und sagten dies und das, dann: und bei olms, walser, haben Sie sogar scharf geschossen. er: und einmal getroffen.

alles horchte auf: ein dt. dichter liest, aber ehe er ans pult tritt, wird von scharfen schüssen geredet, - man tuschelte, na, die deutschen, ohne schießen gehts bei denen nicht.

auf der bühne ein großer tisch mit einer roten plüschdecke, bordellcharakter, mit kalvinistisch strengen falten. auf dem tisch ein niedriges pult, eine art pauta, darüber eine längliche , abgeschirmte lampe. eine flasche , noch unter verschluß, ein glas darüber gestülpt. walser setzte sich auf den ersten stuhl der ersten reihe. prof. b. stellte ihn vor und sagte einiges, was sehr akademisch war, indes, oder wohl darauf hinaus lief, daß man über walser gar nichts sagen könne, er solle das alles nur selber machen.

walser war nett angezogen, kurzes strupphaar, grauer als zur zeit, wo er mich in der gruppe 47 (1955) vor dem präses und literaturkümmerer h.w.richter in schutz nahm. er las im stehen, das buch (einhorn) auf der flachen hand, die linke, ohne von dem pültchen gebrauch machen zu können, das war zu niedrig, auch die lampe war zu tief. mit der rechten tastete er umher, und jedesmal, wenn er mit den fingerspitzen das glas berührte, zuckte die hand x zurück , wie die fühler einer schnecke, die sich zurückziehen, dann langsam wieder noch vorne tasten, indes vor dem hindernis halt machen. zweimal fällt eine schnecke nicht auf ein hemmnis herein, walser könnte sich als schnecke oder ameise nicht lange am leben halten, eine volle stunde kreiste seine x hand um die flasche, oft wirkte er wie ein zauberkünstler. doch da er mit dem zauberte , was er geschrieben hat, und auch keine trockene kehle bekommt, ja x nicht mal atem zu schöpfen braucht, blieb die flasche heil.

was er gelesen hat, werden Sie wissen, ganz schwüle sachen, bettgier triefender frauen, mannesnot unter wasser, über wasser, forkelnde brunst; aber dann sind es schwule, die einem dem atem berauben, während er dem dichter selber nicht ausgeht. scharf hält er das publikum im xixxxx auge und blättert mit hilfe von eingelegten zetteln um, wenn er merkt, daß die spannung nachläßt, - es kommen dann xixxx wieder, statt wirklich guter meditationen, die aufregenden , gepeitschten, wie schalanken im galopp flatternden sexualnöte seiner figuren, mit großer wortkunst gestaltet; [redacted] für die biederen genfer dann doch wieder zuviel. ich beobachtete das publikum gleichfalls. xx manchem wurde es blümerant, da walser, indessen, immer die richtigen register zog, gingen die hörer mit, er hatte einen sehr großen erfolg. als er das buch zuklappte, ging er, unbekümmert umd das klatschen, zum saale hinaus, frisch wie er x gekommen; er hätte gleich in einem anderen lokal wieder auftreten können.

der xxx prof. dankte mit einem freundlichen wort und sagte, wer den dichter noch sprechen wolle, sei zum kleinen empfang herzlich xi eingeladen. (botschafter v.k. war sehr amüsiert, sein gast, meine

nachbarin, wollte wissen - und noch von mir! - wie so ein dichter
an seinen stogf und an seine wortbildungen komme. ich hofchte heru
, damen tuschelten: ob er selber wohl homo sei, und xx ob er selbe
alle diese erotischen abenteuer hinter sich habe während jxxgxx
ich junge studenten sagen hörte: wie denkt [redacted] ein dt. autor [redacted]
über kiesinger?
leider konnte ich mich unter der sich aus dem saal schiyenden meng
nicht der pol.-lit. meinungsforschung widmen, noch auch dem bot-
schafter und seiner gast-dame, denn der prof. kam und sagte, ich
möge mich doch zu walser gesellen, damit ein "gespräch" in gang
komme, es klappe da nicht xxxx recht. nun sollte doch wohl ein
prof. das ankurbeln selber besorgen, aber ich ging in die barhalle
, wo unser dichter bücher signierte, alles wieder auf der flachen
hand, - was bin ich da doch für ein umstandskrämer, freilich,
innerlich beteiligt ist walser bei all dem nicht, er absolviert
eine tournee.
ich glaube, es war der botschafter, der ihn fragte, was das nun xx
eigentlich noch sei, die gruppe 47. darauf gab walser sarkastisch
seine meinung , ich tat das meinige, man horchte aufmerksam, der
kreis wurde immer größer, prof. b. schien zufrieden zu sein. dann
stellte ein junger attaché, aus dem gefolge des botschafters, eine
ganz dumme frage, und walser sagte, xx ach, was sie nicht sagen,
und was haben Sie denn studiert? - germanistik! - so, dann sollten
Sie wissen, daß wir allemannen sind. bums, der attachierte zog sic
zurück. immer werden wir dichter in falsche landschaften angesie-
delt, die ewige heimatvertriebenen. - zwei studenten hatten es
wieder mit dem PG kiesinger, sie drängten sich vor, der eine sagte
na, wir fragen den dichter einfach um xxxxxx seine meinung, worauf
der andere flüsternd entgegnete: il faut faire attention, der da
gerade mit walser spricht, ist der dt. ambassadeur, und der ander

, so-höre ich, ist auch ein dt. schriftsteller, gehen wir kxx
lieber an die bar. - das taten die jungens, doch als walser einer
jungen dame etwas heikles erklären mußte, redete mich ein anderer
junger herr an, student wohl auch er; die unterhaltung lief dann
teils franz., teils dt. ab. ob ich die letzten gedichte von graß
gelesen hätte, sie ständen im monat, das sei doch an sich eine
seriöse ztschft, aber mit solchen versen könne er nichts anfan-
gen, das sei [redacted] nonsens. ich: nonsens sei keine lit. kategorie,
es handele sich vielmehr bei den betr. gedichten um eieruhrgedich-
te. - er: was das denn sei, davon habe er noch nie sprechen hören.
ich: das ist eine begriffsbestimmung von mir, noch wenig bekannt.
ich schriebe selbst solcher art gedichte, mit der sanduhrx eier-
uhr: wenn der sand durchgelaufen sei, müsse das poëm druckreif au
dem papier stehen, ich hätte eine kranke frau, der zur belusti-
gung verfasse ich derartige sachen. bevor ich mich noch weiter
über diese neue lyrik äußern konnte und auch bereit war, ihm ein
gedicht zu verfassen, während er einen schnaps trinken solle, lan
langsam, nicht kippen, da kam böschenstein wieder und schleppte
mich zur walser-gruppe. der prof. hätte da was lustiges arran-
gieren können, walser war frisch, er ist wohl kerngesund, ich
war ja auch unverbraucht, und es hätte ein fruchtbr ebenso frucht
bringendes wie ärgerniserregendes colloquium stattfinden können,
aber böschenstein ist nicht der mann dafür. nachher kam dann
der botschafter und mahnte zum aufbruch, er wollte seinen dienst-
wagen nicht ohne not bemühen, wir fuhren heim, nach vézenaz.
ich fand's schade, doch war ich von kellers gast.
da ich nicht zur grossen Klasse der heute gülx gültigen dt. au-
toren gehöre, lud mich böschenstein nicht zu einer fix dichterle-
sung ein, ein paar leute hatten damit gerechnet. aber vor ein
paar tagen rief frau von keller an und fragte, ob ich in ihrem
hause privat lesen wolle, das würde sie alle beglücken. sie könne

loo leute unterbringen, sie gibt auch viele hauskonzerte. es ist wirklich das andere deutschland, das man dort antrifft.

*

später. ich schreibe das mit großen unterbrechungen, alles auf kosten der augen und des ms. ist das verschwendung? früher konnte ich an einem tage viele briefe und zugleich meine 12 -15 s. am schmöker schreiben. das waren selige zeiten.

*

sollten Sie harpprechts apologie auf kiesinger lesen, achten Sie dann auf eines: warum wird k. der "moderator germaniae" genannt? hat man schon vergessen, daß es eine zeit gab, wo man hitler nicht nur den führer genannt hat, sondern auch den moderator germaniae? denn moderator bedeutet ja auch: dux, im sinne von führer, lenker, bandenhäuptling, - schon bei cicero! man findet in alten handbüchern der sprache diese bedeutung. bei hitler hat man's fallen lassen, weil die sache wegen der anderen moderation zu brenzlich wurde. heute serviert man in einer zeitschrift, die vom "kongreß f.d.freiheit der kultur" subventioniert wird, dem dt. volke wieder einen moderator ac magnus dux, dominus et rex. . . .

*

das jüngste gericht war als symbol, eine art vorhölle, in der verleger angebraten werden sollten, - erhalten geblieben, weil aus festem stahl, sind der kastanienröster und die sense. alles andere ist inzwischen eingeäschert, was im grunde ein blitz hätte besorgen müssen.

*

nun muß ich das finis setzen, es ist inzwischen oster-dienstag geworden, und ich füge zur lit. unterpölzung meiner eieruhr-ideen ein eieruhr-gedicht diesem briefe bei.

*

leben Sie alle wohl, ich bin wieder etwas entspannter, der irrenarzt hat mich aus seiner hafxx haft entlassen, ja, wir sind nachher fast freunde geworden, weil gleich und gleich sich gerne gesellt; oder das eis gebrochen war bei einem der komplijung'schen assoziationstests, wo ich ihn, wie in verschiedenen anderen, schlagen konnte; er staunte nur so und hätte gerne, aus freude an der wissenschaft, noch weiter gemacht, aber: für meinen "fall" käme nichts dabei heraus, da war er hilflos!

*

alles herzliche von

Ihrem [illegible] +

+ Beatrice
(1/2 kaputt)

C o t r a p u n k t

Dein ungelegtes Ei
erbrütet die Menschheit
im Eimer der Zeit.

Am Schlüpftage hocken
die trockenen Ammen
wie Raben
am Aas
der verworfenen
Frucht.

Ist auch dein Stein
in der Brust
nicht mehr zu erweichen,
verhärme dich nicht,
es bleibt noch Hoffnung:

tausche ihn aus
gegen gläserne Augen
zum sichtbaren Zeichen
deiner stichtigen
Blindheit -

oder
die beste Gewähr
für den
ewigen Frieden

mönche[redacted]
dich
selbst.

*

aus der Mappe der Eier-Uhr-Gedichte
des

visollist

27.III.67

Albert Vigoleis Thelen
BLONAY s/VEVEY
Campagne La Colline
Ø (021) 53 15 85

4 . 8 . 1967

der text, mein freund und lieber herr olms, ist sehr gut, da braucht nichts geändert zu werden, zumal Sie fingerübung und sehstörung in anführung setzen und es so dem leser überlassen, das "wirkliche" augenleiden des autors und seine versuche, sich im blind-schreiben zu üben, in die bereiche der paraphysik und parapsychologie zu verweisen. übrigens habe ich es längst aufgegeben, blind tippen zu wollen, obwohl die sehstörungen anhalten; ja manchmal sind sie stärker als je zuvor. doch erwarte ich jeden tag eine neue maschine mit xxxx größeren lettern, die mir das arbeiten erleichertern sollen.
xxx vielleicht könnten Sie den letzten satz stilistisch etwas wandeln, wegen der 2 "wird", etwa so: ... parabelgeschichte einer vom ideologischen Menschen nicht anerkannten "Gegenwelt", in der am Ende der alles zerstörende Totenwurm beschworen wird. - das ist ein vorschlag. übrigens habe ich den damals aus der splintwiege x herausgeschälten totenwurm vor mir auf dem arbeitstisch , in alkohol . er ist nun selber tot, obwohl er zu leben scheint, wenn man das fläschchen in die hand nimmt. leute erschrecken darob!
ich bekomme doch die korrekturen? obwohl es mir gar nicht gut geht in der letzten zeit, schicke ich alles innert 24 stunden zurück, - vorausgesetzt, daß nicht gleich alle xxxx fahnen xxxx oder bogen kommen.

*

In meiner irren-sache tappe ich immer noch im dunkeln, wie sich das wohl geziemt für einen geist, der der umnachtung verdächtigt wird. da der irrenarzt auch eingeschaltet worden ist, aufzuhellen, warum ich , vor einem halben jahrhundert, es nur zur mittleren reife gebracht und was es bedeute, daß xxx mich das gymnasium in viersen mit dem abit.h.c. geehrt hat, wird es nun in düsseldorf, wo das alles ausgeheckt wird, zu neuem anstoß kommen: die narrenakedemie und erleuchtete monduniversität der stadt dülken, meiner vaterstadt benachbart, hat xix mich zum dr. h.c. ernannt, wobei das h für humoris steht. gxxix goethe ward schon diese ehre zuteil, doch hat er sich nie für das dr.-diplom bedankt, indessen fand man nach seinem tode das dokument in der xxxix schublade des sekretärs mit der bemerkung: rheinische absurditäten. adenauer hat auch nicht gedankt, was mich befremdet. salvador dali, erich kästner, th. frings und ähnlich hochmögende geister haben zugesagt, obwohl es eine eigenschaft dieser ältesten narrenakademie europas ist,den dr.-titel auch xxxxxx leuten zu verleihen, die davon nichts wissen wollen. die ak. wird 144o zum ersten male erwähnt, bei sigismundi kaiserkrönung zu aachen. auch werde ich zum ritter geschlagen; xx es ist seit 14o jahren zum ersten male wieder, daß man im ritter wigalois einen würdigen knappen zum ritterschlag gefunden hat. ernennungen in rein-dt. dichterakademien oder die einstimmige ernennung in den rein-dt.PEN und die mitgliedschaft der halcyonischen akad. habe ich xgx abgelehnt; für die mondritterschaft bin ich zu haben. seit xixxxxxx kiesingers machtergreifung wieder reichs-scheu geworden, kann ich nicht nach dülken fahren, und es wird die promotion hier auf dem hügel stattfinden, am 17. sept. 8 - 1o herren der hohen akad. kommen an den genfersee, ich lasse mich den spaß ein sektfrühstück kosten. co-referent ist beatricens bruder prof. bruckner basel, der mich übrigens einmal fragte, ob olms nicht an einem rep. nachdruck von "unkele willys" (prof.dr. wilhelm bruckner) xxxxx "die sprache der langobarden" inter-
xxx

essiert sei, erschienen in quellen und forsch. zur sprach- u. cultur-
geschichte der germ. völker, bd.LXXV , straßburg, trübner 1895. schwie
rigkeiten gebe es keine mit der tochter des unkele (dr. auguste br.),
wohl aber mit dem verlag de gruyter, der immer wieder sagt, er mache
es, mache aber nichts. wie die angelegenheit heute steht, weiß ich
nicht. xxxxxxxxxxxxxxx dies nur am rande.xxxxxxx selber besitze ich
dieses werk nicht, habe überhaupt aus der berühmten bibl. des unkele
nichts geerbt, dafür aber 2 hosen, die längst im dienst auf la colline
verschlossen sind; sie waren schon <u>sehr</u> abgetragen. - von da ist
der übergang leicht zur beatrice: sie ist in den letzten monaten fast
immer bettlägerig; jene operation (nasengeschichten), die schon im
verg. jahr hätte ausgeführt werden sollen, ist immer wieder aufgescho-
ben worden, der nasen-dr. will das risiko bei ihrer schwäche nicht
übernehmen. einzig wenn es heiß u n d trocken ist, geht es ihr
besser. solche tage sind aber hier in der see-nähe selten.

!bitte!

leben Sie xxxxxx wohl, alle lieben grüße von uns beiden an Sie alle,
schicken Sie mir gelegentlich alle Ihre x kataloge; frau prof. anna
krüger hat mir den, den ich im verlag bekam, ausgespannt! x das sind
ja bibl. wichtige hilfsmittel, - und nun lasse ich Sie in frieden
weiter schaffen, Sie haben xxxxxx genug andere briefe zu lesen:

Ihr

La Colline . 3 . XI . 1967

Lieber Freund Olms,

ich schreibe eiligst, da ich einen Boten habe, der den Brief, der eingeschrieben werden soll, mit nach Vevey nimmt. Wir wohnen hier weitab von der Orts-Post; ich müßte ins Dorf hinaufsteigen.
Beiliegend 8 Adressen und Karten, mit der Bitte, die Glis-Fibel an diese Freunde zu schicken; eingeschrieben nur an Lou Lichtveld, der seinen ständigen Sitz in Washington (Uno) und New York hat, aber viel in seinem Hause auf Tobago weilt.
Schicken Sie mir bitte noch 12 Expl., und gut verpacken! Die Post geht nicht sorgfältig mit Paketen um, man schmeißt die Sachen nur so herum, und beim Zoll nimmt man überhaupt keine Rücksicht mehr auf die zu untersuchenden Pakete.
Man wittert überall Zeitbomben, Platikinhalt, Gift oder was auch immer.

In den nächsten Tagen mehr, - also Diederichs einer der ersten Besteller! er hätte es einfacher haben können.
Liebe Grüße unterweil von Ihrem

[illegible]

seit 4 Tagen mit Palast-Hund, statt

der erträumten
schwarzen, nackten
Sklavin . . .

Beatrice: besser der
Hund als Sklave
einer Sklavin . . .

La Colline . 22 . XII . 1967

Lieber Freund Olms, verehrte, liebe Edith Olms, benebst dem Knäblein, Schrecken des Schulwegs, doch inzwischen sanft geworden und die Freude der Schule:

obwohl ich kaum weiß, wo mir der Kopf steht, denn es ist noch zu , freilich kleinen , Komplikationen mit Beatrice gekommen, die mich noch mehr einspannen in den Betrieb von La Colline, will ich Ihnen doch zu den Festtagen ein paar Worte schreiben, des Dankes vor allem , daß Sie sich meiner Glaubensfibel angenommen haben, die, so höre ich, gerade in diesen Tagen dem einen oder anderen Menschen eine Freude bereiten kann; - und es kommen die vielen, die es gegen die Wand knallen, wenn auch von Knall bei einem so dünnen Buch nicht eigentlich die Rede sein kann. Es macht nichts, jedes Buch hat sein Gegenbuch, und den Feind, der seines Unterganges sinnt, sowie Herodes, - und wir feiern das ja mit viel Fresserei und feinen Tropfen - dem Kinde nachstellte, alles niedermachend, wobei ihm das Eine entwischte. Sollen wir uns dessen freuen? Feiern tun wir's ja alle, ob wir an den Erlöser glauben oder nicht, - ja, die ungläubigen, sagen wir die historischen Christen fallen da weniger aus der Rolle; oder irre ich? Erschüttert hat mich, in dieserm Zusammenhang, die Ztgs.-Meldung, daß der Vater der jungen Frau, deren Herz man umgepflanzt hat in den Leib eines Mannes, gebetet habe, der Himmel - oder wer immer da oben - möge dem Manne das Leben erhalten; es habe dann der Tod seiner Tochter einen Sinn gehabt. Um dieselbe Zeit meldeten christliche (kath.!) Theologen ihre moral-theologischen Bedenken an gegen einen derartigen Eingriff in die gottgewollte Herzordnung: gewiß, die Theologie ist untragisch und darum unmenschlich und die Kirchen haben, falls sie's haben , Herzen aus Granit. Das Jesuknäblein aber hatte noch ein weiches Gemüt, als es auf den Esel gepackt wurde, der Nachstellung der Welt zu entgehen, die es erlösen sollte. Beim

Sollen ist es dann geblieben. Aber auch das steht im Glis, ein winziges Buch, das der Millionenschwere Weltrat der Kirchen (!) kaufen sollte, 5o ooo Stück, und es verteilen unter die Alphabeten des welträtlichen Pharisäertums; es könnte Salon-Lektüre werden wie das Buch der Bücher selbst im Plüschsalon der christmilden Damen! Aber man kauft lieber Traktate der bellikösen Pazifisten . Na ja, jedder möt de sinne, sagt man in meiner niederrheinischen Heimat.

Wenn dann die fettgefressenen Tage vorbei sind - bitte, nicht, daß ich selbst nicht fräße! , freilich dezent, ohne mir das Messer über die Zunge zu ziehen - teile ich Ihnen meine Olms-Wünsche mit; dann geht nichts mehr verloren. Zwei Kisten Wein, die mir ein Verehrer aus Südafrika (Hocharier, aber 1933 im Frühjahr aus dem Reich ausgewandert, um sich nicht schuldig zu machen am Blutvergießen) alljährlich schickt, und die alljährlich halbausgelaufen hier eintreffen, sind dieses Jahr überhaupt verschütt gegangen, zwischen Basel und Blonay. Die Bahnverwaltung ruft immer an; man will mir ein Geständnis erpressen, ich hätte die Sendung bekommen, aber zu unterschreiben vergessen; so ungefähr. Wer mag das jetzt alles trinken? Der Irrenarzt wollte mir ja auch ein Geständnis erpressen: Sind Sie wirklich kein Jude? Dann haben Sie ja wirklich, wie es in den Akten steht, 1933 ohne Not das 3. Reich bekämpft! Und Sie, Freund Olms, wollen Sie nicht auch ein Geständnis ablegen, ohne daß ich Sie dazu zwänge: sitzen Sie nun auf meinem Glis?

Frohe Feste von uns beiden, herzlichst, auch allen Mitarbeitern, Kriminologen, Türhütern , wer immer es sei:

Ihr

VS

Beatrice

La Colline . 15 . 1 . 1968

Lieber Freund Olms,

erst am vergangenen Samstag habe ich die expresse Weinsendung erhalten: ich danke Ihnen sehr für die besondere Aufmerksamkeit mit Chateau-neuf-du-Pape, wogegen die Zollkerle in Vevey eher bedenklich gestimmt waren angesicts der Sendung und der vielen Begleitpapiere. Ich wurde nämlich auf das Zollamt bestellt, Sie [redacted] freizukaufen. Da Beatrice bettlägerig war - und meist noch ist - konnte ich nicht gleich xx zu den Mautnern eilen, so daß x man das Paket nach Ablauf einer vorgeschriebenen Frist aus einer Ecke des Zollschuppens in eine andere hatte transportieren lassen. Als ich dann unerwartet erschien, war die Verwirrung groß, man fand die Sendung xixk nicht , noch konnte der zuständige Beamte die Begleitpaparassen auftreiben, da auch diese aus einer Schublade in eine andere gewandert waren, man hatte sie transpapeliert, wie der Spanier sagt. Eine volle Sx Stunde dauerte der "Türk" , wie man in Basel sagt. Groß war k ja das x Erstaunen dieser Wichte, als sie feststellten, was sie bereits vergessen hatten, daß da jemand franz. Wein aus Dtld. bekomme: das sei doch ungewöhnlich! Welcher Wein es denn sei, fragte ich. Na, man nannte die Marke. x Ich wurde gebeten, mich zu diesem Tatbestand zu äußern. Ich begann meinen Vortrag; Verleger, Essen mit dem betreffenden Wein, Buch, Rellratz , - viele Beamte steckten ihre Griffel hinters Ohr und hörten zu; nachher tat keiner mehr was. Doch wurde mir bald Schweigen auferlegt mit der Frage, was so eine Flasche denn koste. Das wußte ich nicht; weil ich xa den Jahrgang, die Abfüllung, die cru, die cave, ect. nicht kannte. Das sei auch alles unwichtig: hier, - also bei denen da in der Zollstaube, gehe es vxxxxxxxx vorerst um Frachtfragen, die Verpackungsart, die Verzögerung der Abfertigung durch den Ausblieb des Empfängers, ect. Insgesamt waren 6 Peronen mit der Erledigung des Falles beschäftigt, zu wissen: 2 Herren (ohne mich) 3 Männer (ohne mich) und ein Laufbursche, der ich auch hätte sein können, da man mir das

winzige Type der Insel-Volks-Ausgabe, deren achte Aufl. soeben, in derselben Letter, erschienen ist. Übrigens sagten uns Freunde aus Frft., die Weihnachten auf dem Hügel waren, der Glis sei schon vergriffen, sie hätten vor den Feiertagen noch Expl. kaufen wollen, zum Verschenken an die Th.-Gemeinde; nichts zu haben. Es ~~sind~~ ist das junge Ehepaar, Ortmeyer-Graf, wo ich nach H'heim, im Atelier, gelesen habe. Alice Graf hat ja die verreckte Ratte fotografiert und mir ~~das kostbare~~ die kostbare Mumie mitgebracht. Ich wollte nicht, daß man sie der Post anvertraue, wegen der Zollschikanen, die selbst die verreckte Ratte nicht ertragen hätte.
Ein vergriffener Glis ist mir nicht vorstellbar; vermutlich hatte der Buchhändler nicht genügend Expl. auf Lager. Ich bin ja für die Buchhändler ein toter Autor. Die Ratte konnte Alice noch so zum Leben erwecken, daß sie bei Ihren Mädchen und Frauen und Damen Entsetzen auslöste.

Dies für vorgestern, gestern und heute, und alles Liebe für Sie alle von Ihrem kleinen Autor, der die Ehre hat, unter tausend Großen Toten einherzugehen, als sei er selber groß.

17. I.

Die Liste der Toten folgt!

Blonay . 25. XII . 1968

Liebe und verehrte Freunde Olms, allesamt,

ich habe die heilige Nacht verstreichen lassen, ohne Sie besonders , in dieser Sache, zu beglückwünschen; doch dies nicht, weil ich ein alter Heide bin. Dieses Mal gehörte die Nacht den kosmischen Nauten, und es wurde der Mond von vorne und von hinten belauert, xxxxx statt daß Hirten und Magier zu einem Kinde geeilt wären. xxxxxxxxxxx

Für das kommende Jahr aber wünschen wir Ihnen alles nur Ersprießliche, vor allen Dingen immer mehr xx Reprints , und für Walter x himself eine kleine Krankheit, die nette Ärztinnen an sein Bette fesselt. Freilich dürfte es sich nicht um die Drehkrankheit handeln, denn, so lese ich in einem alten Handbuch; es müsse der betroffene Kopf entfernt werden. Dann wäre es sowieso aus mit den Reprints.

Sehr danke ich für die Bücher: die Küselchen Iconen, von denen viele aufregend sind; Noach in gottgetroster Hobelfronde, später xxxxxxx die steigende Flut, die nassen Sünder fast schon ersoffen; aber in der Arche ein winziges Loch, durch das man einen Glis blicken sieht. Zumindest sehe ich ihn, und darauf kommt es bei solchen Editionen an. Dann brachte ein Eilbote aus Gütersloh Bd. 2 u. 3 der Teutschen Sprache Stammbaum und Fortwachs, im Auftrage von Olms; auch dafür meinen herzlichen Dank; vermutlich erscheint Bd. eins später, da die Vorlage in Chur womöglich verschütt gegangen ist. So etwas , ich weiß das von Bruckner, kommt in den besten Archiven vor.

Trotz zunehmender Augenmisere bin ich xxxxx feste am Ms. der Gottlosigkeit Gottes. In einer x Ztg. , die man mir schickte, las ich, daß der Schmöker demnächst bei Diederichs erscheine. Was die Leute nicht alles wissen. Es wird noch lange dauern, ehe ich den ersten Bd. abgeschlossen habe, da ich noch vieles einbauen muß; und, zur Betrübnis von Beatrice, meine ewig sich auswachsende Korrespondenz mich immer wieder lahmlegt. Übrigens kennt Dr. Diederichs die Bedingungen noch nicht, zu denen er die Lusiaden haben kann. Ich bin überzeugt, daß er's nicht riskiert, und frage mich, ob Sie, Freund Olms, es sich leisten können, ein solches Unternehmen zu beginnen. Buchhändler sagen mir, es sei praktisch kaum durchzuführen, so, wie ich es mir vorstelle. Aber, dat is van later zorg, wie der Holländer sagt. Erst muß das finis operis unter Bd. I stehen.

Robert Neumann zum Glis, kurz und bündig: "Das ist eine großartige Arbeit, wieder einmal - es ist ein Jammer, daß Sie dieser Tage nicht sehr viel mehr produzieren. Neben dem rein Künstlerischen hat es mich natürlich ganz besonders berührt, daß da jene Siebenschläfer aus der Rocca Vispa sind - wie genau erinnere ich mich ihrer von damals, als meine inzwischen verstorbene Frau mit mir bei Ihnen auf der Terrasse saß und jene abendlichen Besucher kamen. Seien Sie ...... "

Kokoschka: m i r zuliebe wird der große Meister nichts tun; wir kennen uns ja nur aus 2 Telefongesprächen, bei deren einem er betrunken war. Ich hatte eine solche Ausgabe anregen wollen, weil mir der Hand-Drucker Heiderhoff damals sagte, er gebe eine Kokoschka-Edition des Glis jederzeit heraus, auch bei höchstem Honorar, weil er genügend bibliophile Abnehmer finde. Lassen wir also die Finger davon, und der Meister muß sich weiter auf eigene Faust besaufen, - falls er's noch tut.

Sie schreiben: meine Wünsche stehen noch aus. Das tun sie nicht, sie liegen vielmehr, und zwar ab, vermutlich in einem Ordner, der meine Insignien trägt, mit oder ohne hum.c. Bekommen habe ich am 5.7.68 den Bd. Diefenbach-Wülcker, den ich übrigens schon mehrfach habe benützen können - und müssen , - was beides ineinander übergeht.
Eine USA-Univ., Berea College, hat mich gebeten, eines meiner Bücher vorzuschlagen, das man mit den Studenten durchnehmen könne. Dem Prof. des germ. Seminars habe ich den GLIS nahegelegt und, dem Wunsche der Studenten entsprechend, mich zur Entstehungsgeschichte geäußert, wobei ich den Klappentext natürlich verwerfen mußte; er führt immer wieder Leser in die Irre. Wenn der Gelehrte sich mit dem Gnosticum einläßt, können Sie mit dem Absatz von einem weiteren Expl. mit einiger Sicherheit rechnen.

Ich danke Ihnen für die Fotocopie des Briefes von Bankdir. Hoschke, der mir selbst, zum 65., eine sehr schmeichelhafte Epistel schickte.

Foto aus Barcellos folgt; ich habe kein großes ✉. Salve + Vale:

Ihr alter Virlust

Porto. Rua da Pena.
81

Lieber Freund Olms,

wir sind gestern von
einem Abstecher nach
Spanien zurückgekom-
men; früher als vorge-
sehen, da wir im Lan-
de sein wollen, wenn
der Ewig-Allmächtige
den seit 40 Jahren

Allmächtigen zu
sich ruft. Die Lage
in Lisboa ist verworren,
und niemand glaubt
niemandem, –
40 Jahre....

— Hier die Fotos für
Ihr Archiv.

— Remarque, dem ich
zum 70. den Glis

geschickt hatte, hat
mir einen guten
Brief geschrieben. Ich
will sehen, ob ich ihn
hier fotokopieren
lassen kann.

— Später: eben höre ich,
daß es nicht leicht
ist, ein gutes Foto-
kopier-Unternehmen

aufzutreiben. Darum
schreibe ich den
Brief ab:

Porto Ronco s. Ascona
Er... M... Re... (Schweiz)
(Briefkopf)
von Hand: 2. September
1968

Lieber Herr Th. –,
Sie haben mir mit
„Glis-Glis" eine große
Freude gemacht. Ich

Anmerkung: Jede dieser vier Seiten hat im Original etwa DIN A4-Format.

bin ein alter Verehrer
Ihrer Arbeit und
gis-glis hat mir
viel Spaß gemacht,
zumal ich auch zu
den persönlich Be-
troffenen dieser Nager
gehöre, — wer im
Tessin nicht? Bei
uns haben, nach
zwanzig Jahren des
Rumorens unter unserem

Dach, endlich
drei Katzen damit
Schluß gemacht, —
mit dem Resultat,
daß ich nun doch
ab und zu den ver-
trauten Krach ver-
misse.
Wie schade, daß
wir uns nie in Ascona
getroffen haben!

Aber vielleicht
läßt sich das irgend-
wann doch mal
korrigieren!
Herzliche Grüße
und gute Wünsche
für Ihre Arbeit,
die ich sehr schätze!
Ihr
(Namenszug)
*

Dr. Gottfried Just,
dem ich mitgeteilt
hatte, daß meine
Sehstörungen in
Wirklichkeit auf
ein hömtückisches
Augenleiden
beruht, der Klappen-
text, freilich, in

die Irre führt.
(Das war ja schon
der Fall in der
FAZ; was ich
auch korrigiert
habe, – schöner,
ehrlicher Brief des
Dr. Michael; er
liegt auf Le Colli-
ne,

kommt später
für Ihr Archiv.)
Bitten den Just-
Brief zurück, so
in einem Monat,
nach Blonay.

*

Haben Sie am
28. 9. im Lande

des cometischen
Menschenfeindes
zu tun? Dann
feiern wir zu-
sammen, mit un-
seren (geistig groß-
artigen!) Freunden.

*

Sie haben die
Schloßgedichte:
Fons Delphinus
ist der Hinter-
grund der Auf-
nahmen. Beachten
Sie die moos-
verwitterte
Granit-Kugel:

Imago mundi
verblüffend!!
Der junge
Mann auf dem
3-Bild ist der
Erbe des Meisters;
er malt und
verwaltet das
Weingut. Sein
Vater, Bruder von

Pascoaes, war unser
großer Freund; er
hat 30 Jahre als
Großwildjäger in
Afrika gelebt. Ich
habe in seinem
Hause das Museum
eingerichtet, vor
35 Jahren; von

Zoologen vom
Fach als Meister-
Leistung deut-
scher Zool. Wissen-
schaft bezeichnet!!!
In diesem
Geiste Ihr alter
Vv lei S +
der seine Prostata-Besch
mit Wein werden
bekämpft. Soit!

Albert Vigoleis Thelen
ch. Ysabelle de Montolieu 179
Ø (021) 33 02 09
1010 LAUSANNE-Vennes
Suisse

5 . 8 . 1974

Lieber [redacted] Freund Olms,

was Sie doch für ein mißwendiges Leben führen, hin und her zwischen Treis und Hildesheim, wobei ich annehme, daß Treis der kleine Weinort an der Mosel ist, bei Kochem, - haben Sie dort einen Weinberg? Immerhin ist es, andererseits, auch wieder erfreulich und für Sie gewiß ein schöner Ausgleich, wenn aus vieler Herren Länder die Pferdekenner kommen, Ihre [redacted] Stuterei zu besichtigen. In meiner Vaterstadt an der [redacted] Niers gab es vor dem Wilhelminischen Zusammenbruch ein bedeutendes Preußisches Gestüt, zahmer Gattung, das eigentlich nur als Beschälanstalt diente, und es waren auch keine Araber oder sonstige Exoten, vielmehr der schwere Schlag des niederrheinisch-flämischen Ackergauls mit mächtigen Behängen an den Füßen, der Bierkutscher beliebteste Rasse. Die Gestütwärter waren ausgediente Kavalleristen in grünen Uniformen und besonderen Deckelmützen, die regelmäßig mit der ganzen Beschälerei durch die Stadt zogen, die Schwänze der Hengste mit Stroh zu einem festen [redacted] Gebinde aufgeflochten, so daß die Tiere sich nicht einmal der Schmeißfliegen erwehren konnten. Ein städtischer Arbeiter, man nannte sie [redacted] Stadtsoldaten, zog mit einem Wägelchen, Kehrblech und Schaufel hinter der [redacted] Kavalkade her und säuberte sogleich die Abfälle, die unter dem [redacted] Schwanzgeströhde austraten; zum Leidwesen der Spatzen und Haubenlerchen. Königlich-Preußische Gäule [redacted] durften keine Straßen oder öffentlichen Wege verunreinigen, was auf eine Order, wenn ich nicht [redacted] irre, von Wilhelm I. zurückging. Wie sind Ihre Wärter gekleidet? Ob noch so schön, das [redacted] Elend mit dem Einhodigen bleibt, sei es denn, Sie könnten Zauber üben oder durch ein anderes Pferd an dem Kryptorchiden üben lassen. Sicherlich haben Sie Fuggers "Ritterliche Reutterkunst" auf der Gaulplanke stehen und da findet sich vielleicht ein Hinweis, wie diesem Notroß beizukommen ist.

Gut Zucht!

Wie freilich dem Bundes-not-präsidenten beizukommen ist, das ist ein ein heikleres Problem.Daß Herr Scheel heute einen Welt-Staat, der Dtld. geworden ist, nach außen hin vertritt, ihm also auch "Geltung und Präsenz" erhalten soll, ist vielen im Auslande unbegreiflich. In Dingen der Kultur hat er keine eigene Meinung, was allerdings meine eigene Meinung ist. Schade wäre es, wenn Ihr grandioser Plan daran scheitern würde, daß der Bundespräsident, der die Reichweite des Vorschlages kaum ermessen kann, auf Grund der Einwände von Referenten das ganze als Kram abtäte

Zu den Prinzipien der auswärtigen Kulturpolitik:

1.) Um überhaupt einen ersprießlichen Austausch mit den Ländern in aller Welt pflegen zu können, müssen die betr. Länder mit der dt. Kultur vertraut sein, und das könnte nur möglich werden, wenn man ihnen das nötige Material erst einmal zur Verfügung stellt: das, was Sie mit Ihrem Plan anstreben. Wo es sich um "nationale Selbstdarstellungen" handelt, die ich befürworte, bin ich in meiner eigenen Haltung als anti-nationaler Europäer sicherlich unverdächtig. Schon vor mehr als 3o Jahren habe ich dutzenden Verlegern in vielen Ländern vorgeschlagen, nationale Enzyclopädien heraus zu geben, damit man nicht im Larousse, Espasa-Calpe, Winkler-Prins, Sansoni ect. Stichwörter über andere Länder antrifft,die in den dortigen Enc. besser abgehandelt werden. Gegenargument: zu teuer!

2.) Das Gesellschaftspolitische als Aufblähung des Kulturbegriffs bedeutet doch nichts anderes, als die Kultur eines Landes zum blinden Darm der geistigen Verdauung zu machen.

3.) Sprache nicht mehr Ziel und Zweck, sondern Mittel: es ist absurd, in einem Rundschreiben über die Grundlagen einer auswärtigen Kulturpolitik einen solchen Satz "zum Besten zu geben", wie Sie richtig schreiben. Was Sprache ist, wissen wir ja gar nicht; die Gelehrten aller Jahrhunderten haben sich bemüht, ihre Definitionen zu geben. Einzigartig ist der betr. Artikel in Krug's encyklopädisch-philosophischen Lexikon (2. Aufl. 1833). Schöne Antworten geben die zugezogenen Autoren in "Fazit" , - alles war immer im Rollen und alles rollt weiter, zuerst schleifend, dann auf Rädern, nun auf Magnetkissen, es ist eine Frage der technischen Entwicklung; wie auch das Wort von Mensch zu Mensch weitergegeben werden kann, als Klang oder im Schriftbild, das hier ausschlaggebend ist. Mit zunehmender Durchdringung der Kulturen nimmt die Verflachung der Sprache ab. Das waren noch goldene Zeiten, wo man Dissertationen schrieb über den Unterschied von transzendent und transzendental; zu geschweigen von der Prügelei auf dem meeting der Arianer zu Nicaea, wegen des management-gap der Arianer in der vertrackten Frage des impeachment der homousie oder homoiusie. Über diese Dinge hat der Kultur-Referent des AA sicherlich nie nachgedacht, und im Grunde genommen braucht er es auch nicht; er sollte sich nur von vernünftigen Leuten, die mit Wort und Schrift zu tun haben, beraten lassen, ehe er im Börsenblatt derartigen non(sens)food veröffentlicht.

Gerade weil das Gesellschaftspolitische immer mehr die Überhand gewinnt und ein language-business-environment aufkommt, das einem Insektenvolapük gleicht und durch das sich in wenigen Jahren schon keiner mehr durchfindet, sei es denn, er habe einen hot-intonation-laser als eine Art Baedeker für das Weltall immer bei sich, - eben darum sollte man Ihren Plan ausführen und dem Rückgang der dt. Sprache im Auslande auf dem von Ihren Gelehrten vorgeschlagenen Wege entgegenwirken. Englisch als technische Sprache wird nicht mehr einzudämmen sein, was auch kaum nötig ist, wenn man nur das richtige Lexicon hat. Nebenbei bemerkt hat die die franz. Akademie für die Reinhaltung der Sprache zunehmende Nöte, weil sich das oder der "franglais" ,hier grassierend, auch drüben ausbreitet.

Die von Ihnen herausgeknobelten Preise für derartige Mikroplanfilme sind meiner Meinung nach bescheiden, zumal die Bundesrepublik für alles Mögliche viele Milliarden sinnlos ausgibt oder glaubt, ausgeben zu müssen. Der Gedanke, solche Bibliotheken als Staatsgeschenke zu überreichen, sollte Ihnen das Verdienstkreuz der BR eintragen, mit einem blanco-cheque für die ersten Serien. Dann müssen Sie genügend stillende Mittel haben, meinetwegen in Form von edlen Weinen, um in den Teamworkgelassen, wo die Auswahl der zu verpietschenden Werke getroffen wird, Meutereien sofort niederzuschlagen: denn da sehe ich den Born eines neuen Kulturkampfes. Doch ist das nebensächlich, und vermutlich verhandeln Sie dieserhalb schon in Treib a/d Mosel.

Ich glaube, das Thema einigermaßen brauchbar behandelt zu haben; vieles gäbe es noch zu sagen, doch das wäre nur möglich in einem Gespräch mit allen möglicher und selbst unmöglichen Sachverständigen. Auch dummes Zeug kann zu klugen Ergebnissen führen.

Habe ich Ihnen einmal geschrieben, daß mir auf meiner Lesung in Genf ein [redacted] noch junger Germanist aus dem [redacted] Baltikum (Flüchtlingskind) vorgestellt wurde, der mehrere Jahre an australischen Universitäten doziert hat und mir erzählte, er habe [redacted] mit seinen Studenten Übungen über meine Bücher gemacht. Jetzt ist er [redacted] Prof. an der [redacted] Genfer Uni, Abtlg. Dolmetscherschule. Er hat eine[redacted] Frau, die auch doziert, einen [redacted] schönen Namen: Ivars Alksnis und wohnt auf dem Chemin des Palettes 13 , 1212 Grand Lancy (Vorort von Genf, wenn ich nicht irre.) Dieser Dr. A. könnte Ihnen sicher allerlei Auskünfte geben über den Notstand der austr. Bibliotheken. Auch Prof. Dr. Helmut Kreuzer, den ich anläßlich einer Lesung an der TH/Stuttgart kennen lernte, wo er Dozent war unter Prof. Martini: Er hat lange an USA-Hochschulen gearbeitet, mitsamt seiner germanistischen Frau, ist heute Prof. in [redacted] Siegen,Fachbereich 3 , Sprach- und Literaturwissenschaften. Netter Mann! [redacted] Nette Frau! Gelehrt! Menschlich auch.

[redacted] Die Glis-Glise sind angekommen, ich danke Ihnen sehr dafür. Ja, die anderen Wünsche, das ist so eine Sache. Ich habe einfach nie mehr den Mut gehabt, mir aus [redacted] Ihrem Reprintarsenal Werke zu erbitten, weil das alles so sehr teuer ist,und Sie doch auch rechnen müssen, nicht in den Schuldturm zu kommen, wo ganz allgemein Ihr [redacted] Leben sattsam überschattet wird durch die [redacted] verkorkste Hodenbolle [redacted] Ihres Arabers.Gerne will ich nun die Kataloge einmal durchsehen, - es [redacted] ist eine aufregende Lektüre; man [redacted] beginnt zu taumeln, kann sich aber an weiteren Ankündigungen wieder aufrichten. Haben Sie [redacted] noch eine Übersicht über die [redacted] gesamte Herstellung oder machen Sie es wie Vater Noach, der von [redacted] Zeit zu [redacted] Zeit einfach eine [redacted] Taube fliegen ließ. [redacted] Nebenbei bemerkt möchte ich bei Ihnen [redacted] Taube sein. . . [redacted]

Ihnen allen herzliche Grüße von Ihrem

Vigoleis

Albert Vigoleis Thelen
Montolieu 179
Ø (021) 33 02 09
1010 LAUSANNE-Vennes
Suisse

17 . 4 . 1977

Lieber Freund Olms,

wieder ein Lebens-Zeichen; sie sind jetzt fast schon wörtlich zu nehmen, bei all dem Geserbel des alten Tags; und so hatte ich vor 3 Woc[redacted]en wieder einen kleinen Anfall, ohne daß ich dieses Mal das Bewußtsein verloren hätte; ich konnte ich an einem Mauervorsprung in der Küche festhalten und [redacted] sanft niedergleiten lassen, wobei ich mir wie ein Klammeraffe vorkam, obwohl diese alles mit den daumenlosen Händen und ihrem wundertätigen Greifschwanz besorgen.[redacted] Beatrice, tief erschorocken, lotste mich, der ich kroch, auf den Liegestuhl, auf dem ich der Lunge wegen überhaupt meist liege. Das ärgste ist vorbei, der Arzt hat mich genau und mehrmals untersucht, auf Hirnschäden hin, aber ich konnte vor ihm noch mit geschlossenen Augen und ausgestreckten Armen stramm stehen, [redacted] freilich erst 2 Wochen nach dem Absacken.

In Ihrem Asil-Araber-Buch habe ich vor allem die Seiten studiert und bewundert, wo von Ihrer eigenen Zucht die Rede ist. Sie haben sich schön emporgestutet - es gibt gewiß ein richtiges Wort für die Ausbreitung einer Rassezucht - und das muß doch eine Befriedigung sein, trotz dem Ärger, den man Ihnen bereitet. Gewiß erregen Sie auch Ärgernis beim Linkspöbel, für den[redacted] ja [redacted] reinrassige Pferde kapitalistischer Luxus [redacted], wie nicht anders Bücher, teure Frauen und vom Schuhputzer geputzte Schuhe. In Portugal hat [redacted] man [redacted] ganze Züchtereien von Rassepferden niedergebrannt, und einen Fall will ich Ihnen erzählen:

Wir waren in Porto mit unseren Freunden zum Nachtessen in einem hocharistokratischen Hause eingeladen, wo wir aus dem Munde der verwitweten [redacted] Gastgeberin Schauerliches vernahmen, über Enteignung[redacted] der Besitzungen im Alemtejo, und von einem Wildwestüberfall eines berühmten Gestüts, Araber-zucht. Die Briganten, mit dem nötigen Kriegsmaterial, nahmen das gesamte Personal fest und unterzogen den Oberstallmeister, alter Diener und Freund des Hauses, einem Verhör: ob es sich bei der Zucht wirklich um reinrassige

Gäule handele oder ob das mit der Hochzucht alles Schwindel sei? Der gute Mann rühmte die Rasse, erbot, [redacted] sich, die Stammbäume vorzulegen und kam überhaupt aus der Lob[redacted]ede nicht heraus. Man machte ih[redacted], unter Bedrohung mit der Pistole, darauf aufmerksam, daß das Geschick des [redacted] Gestüts von der Wahrhaftigkeit seiner [redacted] Aussagen abhänge. Der Stallmeister hob die Schwurhand, alles edles Blut! Dann die Frage: ob er den Geist der Zeit erfasst habe? Ob er wisse, daß alles Edle nur auf Kosten des Volkes bestehen könne, daß[redacted] es sich also um ein rein kapitalistisches Gewerbe handele, und [redacted] der Anführerer der Bande gab den Befehl, im Namen von Marx, Mao ect., die Stallungen niederzubrennen; die Pferde indes, alle[redacted], in eine Koppel zu treiben. Dort wurden sie Stück für Stück, im Namen von ect. niedergeschossen, [redacted] die Gestütwärter, Pferdeknechte, Diener, Angestellte, was alles auf einem Gestüt arbeitet und vom Ge [redacted] stüt lebt, wurden ihrer [redacted] Stätten verwiesen, davongejagt, und alle[redacted] waren sie froh, selbst mit dem Leben davongekommen zu sein. Der Oberstallmeister zutiefst erschüttert [redacted] darüber, daß er dem Gesindel in die Falle gegangen. Doch hat ihn die Besitzerin getröstet: man hätte nicht anders gehandelt, hätte es sich um weniger rassereine [redacted] Pferde gehandelt. Dann erzählte mir [redacted] ihre Tochter, meine Tischn[redacted]chbarin, auf dem Gut eines Onkels , der n[redacted]ch höher im port. Gotha steht , aber nur Schweine züchtet, sei es ähnlich zugegangen: Rasse-Säue? Rasse-Eber? Alles edel, sagte der Schweine-Meister, und alles [redacted] wurde niedergebrannt und die [redacted] marxistisch-maostisch abtrünnigen Schweine wurden, da sie fast alle in der Feim sich [redacted] sühlend ernährten, desgl[redacted]ichen zu[redacted] Paaren getrieben und erschossen, das Personal verjagt, im Namen von ect.

Dann zeigte uns die Dame des Hauses Photos von grauenhaften Szenen auf einem anderen ihrer Güter, wo man sie und ihre Tochter auch umlegen wollte. Doch ihr ältester Sohn hatte Militärdienst und war, von den Banditen nicht erkannt, in Uniform plötzlich erschienen und rief, im Namen der neuen Freiheit sei niemand zu erschiessen. Da zog die Bande ab, doch hinter der Mauer des [redacted] Gutes lagen schon Tote. Die Wit[redacted]e ist sehr tapfer, arbeitet seit einigen Jahren [redacted] bei der TV und weiß das ihre zu berichten. Meine kapitalistischen Ideen konnte ich somit ungestört verbreiten, doch hätte ich's auch dem Pöbel gegenüber gegenüber getan . [redacted] Die Cohn-Bendits, Regis Debr[redacted]y, die bücherverbrennenden [redacted] Dutschkes können mich nicht einschüchtern. Von einem der besetzten Weingüter hatte man aber eine Anzahl bester Abfüllungen für den Abend "organisiert", mir zu Ehren, als [redacted] Freund und Übersetzer des aristokratischen Dichters Pascoaes, dessen Weinschloß man [redacted] nicht angetastet hat; doch saßen die Erben des Dichters ziemlich blaß in den [redacted] Sessel[redacted], als wir sie aufsuchten , ohne Furcht und Tadel! [redacted]

Die Jahrhundertfeier [redacted] von Pascoaes erregt noch einige Gemüter, man weiß nicht, wie man sich zu verhalten hat, - immer noch nicht. Der Fall ist nun dem Kultusminister übergeben worden, und der will uns zwei Beide als Ehrengäste einladen, an einer kleinen Feier teilzunehmen, - ich erwarte da noch besonderen Bericht. Der Erbe des Hause meint [redacted] indessen, es wäre besser, man tue nichts. Er sitzt auch in der [redacted] Tinte, denn er hatte seine [redacted] künstlerischen Zuneigungen - er malt - für die Links-Intellektuellen, deren himmelschreiende Barbaritäten er inzwischen kennen gelernt hat. Schloßbesitzer, Linksgeneigt , das alles liegt ihm schwer auf dem Magen, und seine ehmals steinreiche [redacted] Frau hat's auch nicht leicht, denn ihr Vater war ein bedeutender Kolonist in Angola, dem alle Felle weggeschwommen sind, seit Spínola das Rennen hat aufgeben müssen. Sollten wir aber eingeladen werden, ergibt sich für mich die Frage, wie [redacted] wir [redacted] die Reise ins Werk setzen, lahm und krumm, wie wir sind , und ohne alle die chemischen [redacted] Pillen wären wir überhaupt schon im Reiche der Seligen. Ich möchte mit Sänften befördert werden; schwarze Sklaven aufkaufen, der Markt ist weltweit offen; ich ließe sie in einer kleinen Feier [redacted] frei; jeder Sänftenträger bekäme ein hohes Gehalt und eine Lebensrente, dazu den eigenen Schuhputzer; alles Vergünstigungen einer Art, die jedem Marxisten ect. den Kamm ließe anschwellen [redacted] und die Galle überlaufen. Sie fragen nun, lieber Freund Olms, wie ich an das nötige Kapital komme. Nun, ich nehme eine bedeutende Bankanleihe auf, auf den [redacted] Schatz, der in den Verliesen vom Schloß geborgen wurde bei der ersten Napoleonischen Invasion. Der Dichter hat nie erlaubt, nachzugraben, obwohl ich [redacted] auf Bitten seiner Mutter einmal mit ihr den Versuch gemacht habe, wenigstens die ersten Lokalisierungen [redacted] vorzunehmen, - das ging aber schief. Heute, und [redacted] wieder im Schloß, würde ich die Schätze schon heben, des können Sie sicher sein. Wasser habe ich einmal auf einem Landsitz von Freunden hoch im Norden von Portugal [redacted] mit der W'Rute ermittelt, die Ader war nicht all zu ergiebig, genügte aber für den Hausgebrauch. Da [redacted] finde ich Gold und edle Steine sowieso.

*

[redacted] Später. Ich kann immer nur mit Unterbrechungen schreiben, - die Zeiten sind vorbei, wo ich Seite um Seite tippen konnte; man muß sich anpassen, und mit seiner Krankheit leben, so wie die Menschheit schlechthin heute gezwungen ist, mit dem Verbrechen zu leben, das heißt einen Pakt zu schließen mit den Terroristen, die als Einzelwesen, als Bande oder als gefeierte Staatsoberhäupter auftreten, und dagegen gibt es keine Antibiotica; [redacted]

Vielen Dank noch für die Glis-Glis-expl., die gesondert eingetroffen sind.

Morgen, Dienstag, kommt ein Herr Daiber vom WDR aus Köln, für eine längere Unterhaltung [redacted], und den Tag darauf wird dann die Band-Aufnahme gemacht, hier [redacted] im Hause, vermutlich in meinem Zimmer, wo es weniger hallt als in den anderen Räumen, die ohne Türen "durcheinandergehen". Ich habe einmal eine Aufnahme mit meinem großen Telefunken gemacht im Badezimmer, mit gefüllter Wanne und auch Wasser im Bidet. Wasser wirkt schalldämpfend. Der Apparat stand im Esszimmer, ich kann ihn fernsteuern; aber schön ist es nicht, hehre Gedichte zu sprechen im Bad, ob auch dort viele Leute zu singen pflegen. Da hatten wir - und haben ihn immer noch - einen Freund, in Amsterdam, der empfing auf seiner Etage schöne Frauen zum bewußten Behuf, wohinwieder sie den und jenen Freund zu sich in die Kemenate ließ, - das klappte immer wunderbar, die Ehe war dadurch nicht gestört. Aber einmal lief dem Herrn Gatten die Galle über, als er einen Buhlen in der Badewanne singen und sogar noch fröhlich Lieder pfeifen hörte. Er raste hinunter und trommelte wild an der Tür des Bads: das gehe zu weit und am liebste hätte er ihm, frei nach Schiller, mit der Axt das Bad gesegnet.
Leider habe ich noch leichte Schwindelanfälle, die Daiber und mir den Kram verderben können; aber ich wollte nicht erneut absagen. So leben Sie wohl mit den Ihren, Mensch und Tier, der

Ihre Vigoleis

Zeittafel	*Albert Vigoleis Thelen*
1903	Geburt am 28. September in Süchteln/Niederrhein.
1909-1919	Schulausbildung in Süchteln und Viersen.
1919-1923	Schlosserlehre, Arbeit als Technischer Zeichner und Besuch der Textilfachschule in Krefeld.
1925	Beginn des Studiums in Köln. Fächer: Germanistik, Philosophie und Kunstgeschichte.
1926	Fortsetzung der Studien in Münster. Zusätzliche Fächer: Zeitungswissenschaften und Niederländische Philologie.
1928-1931	Bemühung um erste literarische Veröffentlichungen.
1931-1936	Aufenthalt auf Mallorca. Weitgehend in der „Insel des zweiten Gesichts“ authentisch dokumentiert.
1934	Heirat mit Beatrice Bruckner in Barcelona.
1936	Flucht vor den spanischen Falangisten und den deutschen Nationalsozialisten über Frankreich in die Schweiz. Dort Nachstellungen der Gestapo.
1937	Im Sommer Umzug nach Auressio/Tessin.
1939-1947	Exil auf dem Weingut des portugiesischen Mystikers Teixeira de Pascoaes in der Nähe von Amarante im Norden Portugals.
1947-1954	Wohnsitz in Amsterdam.
1953	Lesung auf der Herbsttagung der *Gruppe 47* in Bebenhausen am 16. Oktober.
	Ende Oktober erscheint im Amsterdamer van Oorschot Verlag Thelens berühmtestes Werk „Die Insel des zweiten Gesichts“. Gleichzeitige Lizenzausgabe im Diederichs Verlag (Düsseldorf, Köln).
1954	Verleihung des Fontane-Preises in Berlin.
1954-1960	Verwaltung der *Casa Rocca Vispa* in Ascona (Schweiz), dem Anwesen einer befreundeten Mexikanerin.
1956	„Der schwarze Herr Bahßetup. Ein Spiegel“ erscheint im Münchner Desch Verlag.
1960-1973	Verwaltung von *La Colline* im schweizerischen Blonay, einem weiteren Anwesen der Mexikanerin.
1967	Die Erstausgabe der Erzählung „Glis-Glis“ erscheint im Hildesheimer Olms Verlag.
1973-1986	Wohnsitz in Lausanne-Vennes am Rande des Genfer Sees.
1986	Übersiedlung am 22. Oktober in das Dülkener Seniorenheim *St. Cornelius*.
1989	Tod am 9. April in Dülken/Niederrhein.
2000	Der Nachlaßband „Lauter Vigoleisiaden oder Der zweite Blick auf Albert Vigoleis Thelen“ erscheint als Band 199 der Literaturzeitschrift *die horen*.